DRACHENWÄCHTER

DRACHENTRÄUME 1

LEELA ASH
TABITHA ST. GEORGE

Drachenwächter

https://www.totallyromancebooks.com/paranormale-romanze

INHALT

KAPITEL 1

*D*ie Münze in Hannah Stiles Hand war golden, geheimnisvoll und deutet darauf hin, dass es Hoffnung gab. Das es vielleicht, aber nur vielleicht, einen Ausweg aus diesem Desaster gab.

Sie konnte von unten Brocken der gedämpften Diskussion ihrer Eltern hören.

„…extrem großzügiges Angebot… wir werden so eins nicht noch einmal bekommen…"

„…aber wir werden alles verlieren!"

„Alles außer unseren Sohn."

Es wurde still. Es gab kein Argument gegen die letzte Aussage. Vor vier Monaten war ihr siebzehn-jähriger Bruder Danny, als er eines Abends nach Hause lief, von einem Autofahrer angefahren worden, der dann Fahrerflucht beging. Die Rechnungen häuften sich. Die Versicherung, die die Welt versprochen hatte, lieferte viel weniger Absicherung, als sie es brauchten. Hannah kannte keine Details. Obwohl sie sechs Jahre älter als ihr Bruder war, behandelten ihre Eltern sie noch immer wie ihre kleine Prinzessin. Sie versuchten, sie von der hässlichen Realität des Lebens zu schützen.

Aber es hatte alles sich zugespitzt und es konnte nicht mehr verheimlicht werden. Ihre Eltern schuldeten dem Krankenhaus $72,300. So viel wie ihr kleiner Bauernhof in einem ganzen Jahr einbrachte! Ihre Ersparnisse waren aufgebraucht als ein ‚Retter' auftauchte, ein Immobilienhändler der ihnen ein sehr großzügiges Angebot für ihren Hof gemacht hatte. Genug Geld, um alle ihre Schulden zu tilgen und woanders neu anzufangen…

…wenn sie dazu bereit wären, ihr zu Hause zu verlassen. Ein Haus, das schon seit Jahrhunderten in der Stiles Familie war. Der Ort an dem sie und ihr Vater aufgewachsen waren. Ihre Eltern hassten die Idee – aber es gab keine andere Möglichkeit.

Außer dieser Münze.

Hannah nahm einen tiefen, zittrigen Atemzug und hoffte, dass sie so magisch war, wie Opa gesagt hatte. „Wenn alles am schlimmsten ist", hatte er ihr gesagt, „wenn es keine Hoffnung mehr gibt, zeige dies den Beschützern. Sie sind durch Blut und Ehre dazu verpflichtet, uns zu helfen."

Leider hatte er ihr nicht gesagt, wie sie diese ‚Beschützer' finden konnte. *Sein* Großvater hatte es versäumt, dieses wichtige Detail weiterzugeben. Da sie eine moderne Frau war, glaubte Hannah nicht an uralte Verpflichtungen und magische Münzen. Aber wenn dieses Ding wirklich schon seit 300 Jahren in ihrer Familie war, musste es wertvoll sein. Vielleicht wertvoll genug, um ihr Zuhause zu retten. Und sie hatte eine Idee, wo sie so einen ‚Beschützer' finden könnte.

Online.

Eine kurze Bildsuche zeigte nichts, das was so aussah. Die Münze selbst bat wenige Hinweise auf ihre Herkunft. Kein Datum, kein Zeichen aus welchem Land sie stammte. Eine Seite war leer. Auf der anderen war ein Drache am Rand entlang gewunden und umschloss zwei Wörter: *„Noraste Mel"*. Google konnte das nicht übersetzen. Als sie auf einem

Forum für seltene Münzen nachfragte, hatte niemand je von so etwas gehört.

Bis gestern eine E-Mail kam:

FRAU STILES,

Ich interessiere mich sehr für die Münze, die Sie beschrieben haben. Wenn ich bezüglich ihrer Herkunft recht habe, ist sie unbezahlbar. Aber deren Beschützer hat Sie sicherlich darüber informiert?

Ich muss die Münze sehen, um mir sicher zu sein. Ich werde eine Videokonferenz morgen Abend um 18Uhr arrangieren. Bitte haben Sie die Münze dann bei sich.

Mit freundlichen Grüßen,
Brandon Lorde

ZWEI WÖRTER LIEßEN SCHMETTERLING DURCH IHREN BAUCH FLATTERN. ‚UNBEZAHLBAR' – da sie das retten könnte. Und ‚Beschützer' – ein merkwürdiges Echo der Worte ihres Opas. Schnell hatte sie zugestimmt, heute Abend mit Herrn Lorde zu sprechen.

Ihre Computeruhr zeigte 17:58Uhr an. Hannah legte die Münze ab und fuhr sich mit der Hand durch ihr langes blondes Haar. Sie strich nervös eine Falte aus dem Ärmel und befürchtete, dass Jeans und ein verblichenes T-Shirt von der Landesmesse keine gute Wahl waren, um einen Fremden zu beeindrucken.

Blödsinn, schalt sie sich selbst. *Das ist kein Date. Er interessiert sich für deine Münze, nicht dich.*

Zu dem exakten Zeitpunkt an dem die Uhr auf 18Uhr umsprang, kündigte ein leiser Ping an, dass Herr Lorde einen Videochat beginnen wollte.

Hannah befeuchtete ihre Lippen und klickte auf ‚akzeptieren'.

Sie hatte irgendeinen alten Mann erwartet, der von Katzen, Münzen und alten Antiquitäten umgeben war. Stattdessen tauchte ein griechischer Gott auf ihrem Bildschirm auf.

Schwarze Haare, dicht und leicht wie Rabenflügel, umrandeten sein starkes, markantes Gesicht. Alles an ihm strahlte Stärke aus, von seinen muskulösen Armen bis zu der scharfen Kante seines Kinns und den vollen, straffen Lippen. Und seine Augen…!

Sie fingen sie ein und hielten sie so fest, wie ein Hase in den Klauen eines Falken. Sie hatte noch nie solche Augen gesehen. Ein sattes saphirblau. Für einen Moment hätte sie schwören können, dass Lichter darin brannten, winzige Tupfen von purstem Gold, die in der dunklen Mitte der Pupille tanzten.

Hannahs Atem stockte. Sie starrte einfach, wie ein im Scheinwerferlicht erstarrtes Reh, und wünschte sich erneut, dass sie ihre Kleidung gewechselt hätte, nachdem sie vom Stall reingekommen war.

Diese sinnlichen, hypnotisierenden Augen überflogen sie für einen Moment und nahmen jedes Detail ihres Gesichts, ihrer Kleidung und ihrer Haare wahr. Vielleicht war es verrückt, aber er schien…begierig? Nervös? Nein, nichts so Schwaches. Aber was auch immer diese Münze zu bedeuten hatte, war sie offensichtlich von großer Bedeutung für ihn.

„Frau Stiles?"

Sogar seine Stimme bezauberte sie, ein tiefer, satter Bass, der ihren schlichten, langweiligen Namen in etwas Besonderes verwandelte.

Er räusperte sich. „Frau Stiles?"

Oh du meine Güte! Er erwartete eine Antwort? Farbe stieg Hannah ins Gesicht als ihr bewusst wurde, dass sie die ganze Zeit dagesessen und ihn angestarrt hatte. „Ja? Ähm, ja! Ich bin, ähm, Hannah. Hannah Stiles."

„Gut. Halten Sie bitte die Münze vor die Kamera ihres Computers."

Kein Smalltalk? Kein ‚Hi, wie geht es Ihnen, schön Sie zu sehen'? Zum ersten Mal fühlte sie sich etwas unwohl, aber sie ignorierte es. Natürlich war er ganz geschäftsmäßig. Ein wohlhabender, eleganter Mann wie er würde sich nie für ein schlichtes Bauernmädchen wie sie interessieren. Noch immer errötend hob sie die Münze hoch, so dass er sie sehen konnte.

Sofort schnappte er nach Luft. Irgendeine starke Emotion erhellte seine himmelblauen Augen. Hoffnung? Freude? Sie konnte es nicht sagen. Ein strahlendes Lächeln breitete sich für einen Moment in seinem Gesicht aus und er begann in einer tiefen, musikalischen Sprache zu sprechen.

Sie hatte keine Ahnung, was es war. Auf keinen Fall war es ihrem Schulspanisch ähnlich. Er verstummte, eine Antwort erwartend. Hannah zuckte zusammen. „Es tut mir leid. Ich kenne diese Sprache nicht."

Sofort machte sich Zweifel auf seinem gutaussehenden Gesicht breit. Er wiederholte den letzten Satz als sein Lächeln schwand.

„Entschuldigung, ich habe wirklich keine Ahnung, was Sie sagen."

„*Marakeen?*" Diese glänzenden Augen bohrten sich jetzt in sie, suchten nach Fallen und Betrug. „Dieses Wort bedeutet Ihnen nichts?"

Hannah schüttelte den Kopf: „Ist das der Name der Münze?"

Seine Augen schlossen sich, befreiten sie. Jeder Muskel in seinem geschmeidigen Körper spannte sich an, als ob ein heftiger Kampf in ihm wütete. Als er die Augen wieder öffnete, waren sie so kalt wie Eis. Mit erhobenem Kinn starrte er sie durch den Computer mit kühler Verachtung an. „Also, dann verraten Sie mir, wo haben Sie die Münze gestohlen?"

Gestohlen?!? Jetzt funkelten *ihre* Augen. „Wie bitte? Was fällt Ihnen ein, mich des Diebstahls zu beschuldigen?"

„Was fällt mir ein?", sagte er verachtend. „Sie haben keine Ahnung, was Sie ihn ihrer Hand halten. Offensichtlich sind Sie eine Diebin."

„Diese Münze ist schon seit hunderten von Jahren in meinem Familienbesitz!"

„Und trotzdem wissen Sie nichts von den *Marakeen?*" Sie funkelte ihn an, ohne ihm antworten zu wollen, und er lachte kurz rau auf. „Dann lassen Sie mich das richtig stellen. Sie sind keine Diebin – Sie stammen von Dieben ab."

„Ich denke, dieses Gespräch ist zu Ende", fauchte Hannah. Gutaussehend oder nicht, er hatte kein Recht, dazusitzen und ihre Familie so zu beleidigen.

Als sie nach der Maus griff, verzog sich sein Mund in Hohn. „Wollen Sie nicht Ihr Geld, Tochter von Dieben?"

Hannah erstarrte und sie war an der Reihe, ihre Wut unterdrücken zu müssen.

Geld. Deshalb war sie hier. Sie durfte das nicht vergessen. Durfte ihre Wut… ihre Enttäuschung nicht ihren Kopf umnebeln lassen. Ja, ihr ‚Griechischer Gott' schien eher ein Teufel zu sein. Ja, er war arrogant, herablassend und…

Sie schluckte und rieb sich die Augen, um schnell jede Spur der Schamestränen wegzuwischen, die sein Spott hervorgerufen hatten. Das war alles nicht wichtig. Was wichtig war, war dass er reich war, von den Luxusmöbeln in seinem Hintergrund ausgehend. Und er wollte die Münze haben.

„Also?"

Sein verächtlicher Blick bohrte sich in sie und traf ihre Seele wie ein Hammerschlag. Trotzdem zwang sie sich, ihn anzusehen. Ihr Kinn hochzuheben und seinen ungerechten Vorwürfen zu trotzen. „Ja. $72.300. Soviel wird diese Münze Sie kosten werden."

Er blinzelte noch nicht mal über diesen verrückten Preis. „Eine merkwürdig spezifische Summe."

Sie hielt ihren Mund. Er verdiente keine Erklärung.

„Na gut." Sein Interesse für dieses Thema war offensichtlich erschöpft. „$72.300 soll es sein. Ich werden Ihnen meine Adresse schicken. Schicken Sie mir die Münze und ich werde Ihnen das geben, was Sie verlangen."

„Ich will zuerst das Geld haben!" Ihre Lippen kräuselten sich. „Ich vertraue Ihnen nicht."

„Nun ja, *ich* vertraue keinen Dieben", erwiderte er. „Und ich habe das Geld. Sie werden nicht bezahlt werden, bis sich die Münze in meinem Besitz befindet."

Als sie den Mund öffnete, um zu diskutieren, winkte er verächtlich ab. „Wir sind hier fertig", sagte er und die Videokonferenz war zu Ende.

Hannah saß für einen Moment da, vor Scham und Wut zitternd. Wie konnte jemand so himmlisch, so wunderschön, so gemein sein? Was hatte sie getan, um es verdient zu haben, so schlecht behandelt zu werden?

Eigentlich hätte sie vor Freude jubeln sollen. Sie hatte es geschafft! Sie hatte das Geld aufgetan, das ihre Familie brauchte, um ihr Land zu retten! Aber alles, was sie tun konnte, war an seine Augen zu denken und wie die Hoffnung und Freude darin erloschen waren. Sie hatte nichts falsch gemacht und trotzdem saß sie nun da und fühlte sich leicht schuldig. Sie war sich sicher, dass sie diesen Fremden irgendwie enttäuscht hatte.

Unhöflichen Fremden, erinnerte sie sich selbst. Er war im Unrecht, nicht sie.

Ein Ping kündigte die Mitteilung mit seiner Adresse an.

New York City – nicht besonders weit von ihrem Zuhause nördlich davon.

Sie starrte darauf, bis ihre Mutter sie zum Abendessen rief. Als sie aufstand, hatte sie einen Plan.

Herr Brandon Lorde aus New York City würde seine Münze schon bekommen.

Aber nicht so, wie er es erwartete.

KAPITEL 2

Einen Tag später war Brandon Lorde immer noch über die betrügerische Diebin wütend, als er durch den Central Park joggte.

Normalerweise zog er auf seinen Läufen Aufmerksamkeit auf sich. Sein dunkles Charisma, sowie sein gnadenloses Tempo, fiel allen auf, an denen er vorbeirannte. Wenn sein T-Shirt vor Schweiß an den harten Linien seines muskulösen Körpers klebte, drehten sich alle Frauen im Park nach ihm um.

Aber nicht heute. Heute brannte eine heftige Wut in ihm. Nichts war schlimmer als ein Dieb, jemand der das stahl, was ein anderer besaß. Menschen und Tiere verachteten beide alle, die etwas nahmen, was ihnen nicht gehörte.

Deren Verachtung war ein blasses Abbild seiner eigenen Wut. Denn er war viel, viel mehr, obwohl er einfach wie ein perfekt geformter menschlicher Mann aussah. Er war ein Drachenwandler, ein *Marakeen* in der Alten Sprache. Ein uralter Wächter, der halb in dieser Welt, halb auf der Anderen Seite weilte. Für Normalsterbliche sah er einfach wie ein verblüffend gutaussehender Mann aus. Nur diejenigen mit Formwandlerblut konnten den majestätischen Drachen seiner Seele sehen.

Einst war seine Rasse Wächter gewesen, Beschützer der Quellen, die Magie und Leben von der Anderen Seite in diese Welt brachten. Aber die Erde hatte sich von der Magie abgewandt. Die Quellen waren ausgetrocknet und hatten ein Loch in die Seelen der Drachen gerissen. Sie waren Wächter von Nichts. Beschützer der Vergangenheit. Egal wie viel Reichtum sie ansammelten und anhäuften, kein Genuss konnte diese gähnende Kluft schließen.

Gestern hatte er für einen berauschenden, furchtbaren Moment zu hoffen gewagt, dass er seinen Zweck endlich wiedergefunden hatte. Hannah Stiles Münze war ein Stück Blutgold, ein Zeichen, das ein Drache jemandem gegeben hatte, der ihm das Leben gerettet hatte. Er, und alle Drachen, schuldete dem Besitzer eine Ehrenschuld. Eine Schuld, die dazu verpflichtete, sie zurückzuzahlen, sogar wenn es dem Drachen das Leben kostete.

Und als er das Mädchen gesehen hatte…

Reinheit und Lieblichkeit. Sie brauchte keine extravaganten Kleider und teuren Schmuck, mit denen die Frauen in der Stadt sich behängten. Ihre Schönheit kam von Innen. Der Schwung ihres seidigen Haars, wie es über ihre Schultern fiel. Die Wärme, die in ihren braunen Augen funkelte, wenn sie lächelte. Die Wölbung ihrer Brust unter der einfachen Kleidung, die sie trug, deutete darauf hin, dass sich die volle Üppigkeit einer Frau hinter dem unschuldigen Blick verbarg.

Sein erster Gedanke war gewesen, dass sie würdig war. Jemand dem er sein Leben widmen könnte, um sie zu beschützen. Es wäre seine Ehre, sein Vergnügen gewesen die Schuld zu begleichen, die ihr zustand.

Natürlich erwies sich das alles nur als eine Lüge. *Abermals.* Zum dritten Mal jetzt hatten Hochstapler versucht, ihn mit gestohlenem Blutgold auszutricksen. Jeder Betrug hatte seinen schwindenden Träumen neues Leben verliehen, seiner Hoffnung, dass er eines Tages eine Person finden würde, die seinem Dienst würdig war. Jemanden für den es sich zu leben lohnte – für den er zu Not sterben würde.

Aber nicht heute. Er würde nicht wieder darauf reinfallen! Brandon knirschte mit den Zähnen als die Wut von seinem Drachen auf ihn überschwappte. Die Hundesitterin, die an ihm vorbeiging, konnte das nicht spüren. Aber die drei Möpse, die sie an der Leine hatte, zuckten vor ihm zurück und kläfften. Tiere hatten ein viel feineres Gespür als ihre menschlichen Herrchen.

Brandon versuchte, seinen Drachen zu beruhigen; die Hunde hatten es nicht verdient, mit dem Zorn des Drachens auch nur kurz in Kontakt zu kommen. Er zog sich zurück, immer noch über den Schock grübelnd, dass Hannah nicht so rein war, wie sie schien.

Enttäuschend. Er seufzte. Aber die Welt war voller Enttäuschungen. An manchen Tagen schien es so, als wäre es das einzige, was übriggeblieben war, nachdem die Quellen ausgetrocknet waren.

Nach einem letzten Block kam er zu Hause bei seinem Sandsteinhaus an. Als er durch die Eingangstür ins silberne Marmorfoyer trat, konnte er eine Störung fühlen. Jemand war hier. Jemand… komisch vertraut.

Amarie, die ältere Hexen-Häsin, die sich um seinen Haushalt kümmerte, kam mit einem Teebrett aus der Küche. „Sie haben Besuch, Herr", sagte sie und bestätigte damit seinen Verdacht.

Er runzelte die Stirn: „Ich hatte niemanden erwartet."

Seine Haushälterin ging an ihm vorbei. „Sie *wurde* aber erwartet."

Sein Stirnrunzeln vertiefte sich. „Von wem?"

Amarie hielt in der Tür zum Wohnzimmer inne und

schaute ihn mit ihren eigenartigen, nicht zusammenpassenden Augen an. Ein blaues, ein grünes. „Woher soll ich das wissen? Ich bin nur eine ‚verrückte Hexen-Häsin‘. Aber sie *war* erwartet." Dann ging sie weiter, als ob ihre Worte Sinn machten.

Die Jahre hatten ihn gelehrt, dass so verrückt wie Hasen auch schienen, oft eine unheimliche Vorahnung hinter dem „Unsinn" seiner Haushälterin steckte. Er ging ihr nach, neugierig darüber, was ihm das Schicksal gebracht hatte.

Er trat in den Salon ein und sein Blick wurde sofort zum Erkerfenster gezogen. Dort saß, zwischen Samtkissen, eine Vision.

Das Mädchen.

Im Spätnachmittagslicht leuchtete ihr Haar so hell wie Honig in der Sonne. Golden und warm, ein zarter Spiegel der lodernden Schuppen seiner Seele. Sie war größer als er erwartet hatte, mit der schlanken Anmut einer Gazelle. Ihre Schüchternheit könnte als Schwäche missverstanden werden. Aber als sie ihn sah, straffte eine stille Stärke ihre Gesichtszüge. Vielleicht war es ein Hinweis darauf, dass unter ihrem sanften Auftreten harter Stahl lag. Er fragte sich, ob das Leben sie bisher schon mal dazu gezwungen hatte, ihre eigene Stärke zu finden.

Diese Frage bedeutete ihm auf einmal unendlich viel. Er wollte neben ihr sitzen, seinen Arm um ihre schönen Kurven legen und fragen…

NEIN!

Die Wut seines Drachens zerschmetterte die angenehme Vorstellung. Sie war kein unschuldiges Mädchen, warnte ihn seine Formwandlerseele. Sie war eine Diebin.

Erneut spürte er den tiefen Stich von Enttäuschung. Aber sein Drache hatte recht. Er musste auf der Hut sein.

„Frau Stiles." Er ging zum Tisch hinüber und nahm eine Tasse Tee von Amarie entgegen. „Ich hatte Ihnen gesagt, Sie sollten die Münze schicken." Sein Drache kochte noch immer vor Wut und er ließ zu, dass ein winziger Hauch dessen Unmut in seiner Stimme mitschwang. Er war das Alpha seiner Gruppe und nicht daran gewöhnt, dass man ihm nicht gehorchte.

Sie zuckte zusammen als ob sie den scharfen Ärger des Drachens spüren könnte. Trotzdem stand sie auf, groß und stolz, und sah ihn an. „Ich habe mich dagegen entschieden. Sie haben mir keinen Grund gegeben, Ihnen zu vertrauen."

Sie wagte, *ihn* nicht vertrauenswürdig zu nennen? Ein paar schnelle, wütende Schritte brachten ihn zu seinem Schreibtisch. Er drehte ihrem schönen, dreisten Gesicht den Rücken zu und fand sein Scheckheft. „Wie Sie wollen. Der besprochene Preis war $72.000, oder?"

„Nein. $72.300."

Die Genauigkeit des Betrages verwirrte ihn erneut. „Gut, dann $73.000."

„Nein." Ihre Ablehnung war sanft aber unerbittlich. „$72.300."

„Sie wollen die extra $700 nicht?" Was für ein Dieb würde mehr Geld ablehnen?

Sie schüttelte mit dem Kopf, was Sonnenlicht über ihr langes Haar tanzen ließ. „Ich brauche nur $72.300."

„Aber warum extra Geld ablehnen?", wollte er wissen.

„Weil ich Ihnen nichts schulden will. Ich würde von Ihnen gar kein Geld nehmen, wenn ich es nicht unbedingt müsste."

Schock ließ ihn innehalten. Sogar sein Drache ließ verwirrt nach. Zum ersten Mal fragte Brandon sich, ob er einen furchtbaren Fehler gemacht hatte. Falls er sie falsch eingeschätzt hatte... eine unschuldige Person beleidigt hatte...

Er öffnete den Mund, um das zu sagen aber seine Worte blieben ihm im Hals stecken. Er war ein Alpha. Ein Drache.

Herr seiner Gruppe. Einen Fehler einzugestehen war nicht leicht für ihn. Und dennoch…

Und dennoch war die Wahrheit wichtiger als sein Stolz. Jeder ehrenhafte Formwandler – jeder ehrenhafte Mann – wusste das. Wenn er einen Fehler gemacht hatte, würde er ihn beheben.

Er hustete, um seine Unruhe zu übertuschen. Amarie räumte ihr Teebrett fertig ab, huschte davon und ließ die beiden alleine. Eine unangenehme Stille folgte.

Er musste etwas sagen. „Wie verzweifelt sind Sie?", fragte er zuletzt. Ein Hauch eines Knurrens begleitete seine Worte. Ihre Augen wurden zu schmalen Schlitzen und er beeilte sich, um ihren Zornausbruch zu verhindern. „Ich weiß, dass ich kein Recht auf diese Frage habe." Zu seiner Erleichterung, nahm ihre Wut ab. *Sie hat eine nachsichtige Seele,* dachte er, *wenn es so wenig bedurfte, um sie zu beschwichtigen.* „Aber ich bin neugierig, warum jemand ein Familienerbstück verkaufen würde."

„Weil Familie wichtiger ist als irgendeine Antiquität", antwortete sie, „und wenn ich zwischen den beiden wählen muss, geht meine Familie vor."

So sollte es auch sein. Das war eine edle Antwort.

Keineswegs die Antwort einer Diebin. Es schien noch wahrscheinlicher, dass er sich geirrt hatte. Als Antwort darauf verstummte sein Drache komplett. Anscheinend waren Entschuldigungen seine Angelegenheit, nicht die seines Drachens.

„Würden Sie mir verraten, warum Ihre Familie genau $72.300 braucht? Bitte", fügte er hinzu, als sie zögerte.

„Mein Bruder wurde vor vier Monaten von einem Auto angefahren, kurz bevor er mit der Schule fertig war. Den Fahrer haben sie nie erwischt. Meine Eltern haben einen kleinen Bauernhof, nördlich von Albany. Wir hatten eine Versicherung", seufzte sie, „aber…"

„Sie hat die Kosten nicht abgedeckt? Um $72.300?"

Sie nickte. Die letzten Anzeichen ihrer Wut verschwanden, vertrieben von müder Trauer. „Ich will diese Münze gar nicht verkaufen. Mein Opa hat sie geliebt und sie ist schon seit Jahrhunderten in unserem Familienbesitz."

Die Unterhaltung war zu der Frage zurückgekehrt, die ihn noch immer beschäftigte. Wie konnte das sein? Sie könnte eine Verwandte sein, ein Nachkomme eines uralten Formwandlers. Aber wie konnte sie Blutgold in der Hand halten und nichts von den *Marakeen* wissen, den Drachen die solche Dinge gemacht hatten? War das Wissen über die Andere Seite in den Jahren seitdem die Quellen versiegt waren wirklich schon so sehr in Vergessenheit geraten?

Moment mal? Nördlich von Albany? Brandon besaß alte Tagebücher, geschrieben in den Tagen in denen New York noch New Amsterdam war, die behaupteten, dass es eine Quelle in „*Beverwyck*" gab. Das war der allgemeine Begriff, den die Holländer benutzten, um den Großteil ihrer nördlichen Kolonie zu beschreiben. Könnte das irgendwo auf Hannah Gut liegen?

Aber ihr Name... „New York war ursprünglich eine holländische Kolonie. Aber ‚Stiles' ist doch sicherlich kein holländischer Name?"

Jetzt hatte er sie wieder genervt. Sie verschränkte die Arme vor der Brust. „Wir hießen ursprünglich Vanstiles."

Er hielt inne, um das wirken zu lassen. Dann war sie eine Verwandte. Einer ihrer Vorfahren hatte tatsächlich das Leben eines Drachens gerettet.

Und er hatte sie beleidigt, statt diese Schuld mit Freude und Ehre auszugleichen, wie er es hätte tun sollen. Sein Magen zog sich vor Scham zusammen.

Hannah sah ihn misstrauisch und abwehrend an.

Das war er schuld. Sie war voll unschuldiger Hoffnung zu

ihm gekommen und er hatte ihr Verachtung entgegen-gebracht.

Da konnte er nur eines machen. „Ich glaube Ihnen", versicherte er ihr. Wieder entspannte sie sich schnell und er war für ihre freundliche Art dankbar. „Ich muss Sie um Verzeigung bitten. Ich hätte Sie nicht eine Diebin nennen sollen. Ich habe vorschnell geurteilt. Ich…" Er schluckte und wartete, ob sein Drache widersprechen würde, aber die Große Schlange war vollkommen stumm. „Das tut mir leid."

„Okay." Vielleicht war es keine begeisterte Annahme seiner Entschuldigung aber trotzdem glitten ihre Arme an ihre Seite. „Aber warum? Warum dachten Sie, ich sei eine Diebin?"

Was konnte er darauf antworten? Die Gesetze der Formwandler forderten, dass die Angelegenheiten der Sich-Wandelnden von den Sterblichen geheim gehalten wurden. Technisch gesehen war sie – wahrscheinlich – eine Verwandte. Das schloss sie von dieser Regel aus. Aber wenn sich ihre Familie an ihr Formwandler-Erbe überhaupt nicht erinnerte, waren sie dann nicht größtenteils menschlich? Konnte er die Geheimnisse seiner Gruppe jemandem verraten, der nichts über Formwandler wusste?

Würde sie ihm überhaupt glauben?

Nein, natürlich nicht. In dem Moment, in dem er von Drachen und Blutschuld anfing, würde sie ihn für verrückt erklären. Das konnte er nicht aushalten. Besser sie hielt ihn für einen Idioten als für einen Verrückten.

„Es ist… eine lange Geschichte. Und albern." Sie wartete. Er schüttelte mit dem Kopf. „Ich würde lieber nicht darüber reden, wenn Ihnen das recht ist."

Hannahs Nase runzelte sich, ein winziges Zeichen, dass das nicht wirklich genug war, um sie zufrieden zu stellen. Aber es würde genug sein müssen.

„Ich denke ich kann Ihnen aber etwas bieten, dass sie

mehr zufriedenstellt als Worte. Hier." Er schrieb ihr schnell einen Scheck für das Geld, das sie brauchte. Er hielt ihn ihr hin, aber als sie ihn nehmen wollte, hielt er das Papier fest. Es verband sie für einen kurzen Moment.

„Hannah Stiles, Tochter der Verwandten die ich nicht kenne, ich stehe vor Ihnen."

Sie blinzelte über den komischen, förmlichen Ton seiner Worte. Brandon war das egal. Wenige Dinge waren so ehrenvoll wie die Begleichung einer Blutschuld. Weder er, noch sein Drache konnte diesen Moment ohne die gebührende Zeremonie verstreichen lassen. Auch wenn die Frau keine Ahnung hatte, was diese Schuld war oder was seine Worte bedeuteten.

„Ich, Brandon, Herr der Ersten Gruppe, danke Ihnen für das Geschenk, dass Ihre Familie meiner Art gemacht hat. Ich nehme die Schuld an und begleiche sie, auch wenn es mich mein Leben kosten sollte."

Daraufhin biss sie sich auf die Lippe. Er sehnte sich danach ihre Nervosität mit einem sanften Kuss zu vertreiben. Aber er traute sich nicht, sie zu berühren, da er sie nicht beängstige wollte. Stattdessen sprach er weiter.

„Sie haben mich nach Geld gefragt. $72.300. Das gebe ich Ihnen gerne. Wissen Sie aber, dass ich nicht glaube, dass dieses Geld die Schuld begleicht, die ich Ihnen schulde."

„Ich schwöre bei meiner Seele und Ehre, dass ich Sie und Ihre Familie vor dieser Tragödie beschützen werden. Ich gebe Ihnen jetzt das Geld." Er ließ den Scheck los. Er erwartete fast, dass sie vor ihm und seiner merkwürdigen Rede zurückschrecken würde. Stattdessen blieb sie ganz still, wie angewurzelt, stehen und guckte ihn mit einer merkwürdigen Mischung aus Verwirrung und Erleichterung an…

Und Hoffnung. Das erfreute ihn, bis ins tiefste seiner Seele.

„Falls noch weitere Kosten anfallen sollten, lassen Sie es

mich wissen und ich werde sie bezahlen, was auch immer sie sein sollten." Ein sanfter Seufzer der Freude entwischte ihren Lippen und der Drang, sie an sich zu ziehen wurde stärker. „Wenn Sie irgendetwas brauchen – Geld, Hilfe, Unterstützung – müssen Sie es mir nur sagen. Ich werde mich darum kümmern. Und um Sie."

Für einen Moment blieb Hannah stumm stehen, unstet von dem Schock seines Angebots. Brandon legte ihr die Hand auf die Schulter, um sie mit seiner sanften aber unerschütterlichen Kraft zu beruhigen. Sie lehnte sich an ihn, als ob sie sich zu ihm gezogen fühlte und ihre vollen, sinnlichen Lippen öffneten sich. Er beugte seinen Kopf zu ihr runter und...

Die Zimmertür ging laut auf. „Also!", brüllte Amarie.

Hannah und Brandon sprangen wie zwei aufgeschreckte Hühner auseinander und starrten die alte Frau an.

Die Haushälterin schien nicht zu bemerken, dass sie den Moment verdorben hatte. „Ich habe die Tasche der Dame genommen, so ein kleines Ding!"

„Was?" Das Mädchen starrte sie verwirrt an. „Warum würden Sie meine Sachen nehmen?"

„Na, ich habe sie nicht weggenommen, genommen", beharrte Amarie. „Wenn Sie wissen, was ich meine. Ich habe sie nur nach oben in Ihr Zimmer gebracht."

Hannah wurde noch verwirrter: „Mein Zimmer? Aber ich übernachte hier doch nicht."

„Haben Sie ein Hotel gebucht?", fragte Brandon. „Ich kann Ihnen ein Taxi rufen, wenn Sie wollen."

Das brachte sie dazu, kurz aufzulachen. „Nein, ich kann mir kein New York Hotel leisten. Ich werde einfach direkt nach Hause fahren."

Er runzelte die Stirn: „Aber es ist schon fast dunkel. Besser Sie fahren am Morgen, wenn Sie ausgeruht sind."

„Ach, wenn ich müde werde, fahre ich einfach an den Rand und schlafe im Auto."

Jetzt erwachte sein Drache wieder, nachdem er während der Entschuldigung verschwunden war. Er murrte, sehr unzufrieden mit dem Gedanken, dass diese junge Dame alleine, ungeschützt, in einem Auto am Straßenrand schlafen würde.

Brandon brauchte keine Aufforderung. „Blödsinn. Mein Gästezimmer ist viel sicherer – und *viel* bequemer. Bleiben Sie über Nacht. Sie können am Morgen fahren."

Als sie zögerte, fügte er hinzu: „Bitte?"

Erneut bewirkte dieses Wort Wunder. Ein schüchternes Lächeln breitete sich auf ihrem Gesicht aus und sie nickte. „Na gut, ich denke… ja, das wäre nett."

„Wunderbar. Erlauben Sie mir, Ihnen ein richtiges Abendessen anzubieten. Das ist das Geringste, das ich machen kann, dafür dass ich Sie eine Diebin genannt habe. Amarie, würdest du…"

„Habe ich schon", piepste die Hexen-Häsin als sie steif in die Küche marschierte.

KAPITEL 3

$\mathcal{A}$n diesem Abend konnte Hannah nicht einschlafen. Trotz der sinnlichen Geschmeidigkeit der ägyptischen Baumwollbettwäsche, wälzte sie sich hin und her. Todmüde und erschöpft, rasten ihre Gedanken immer noch über die Vorfälle des Tages und die wilden Schicksalsschwankungen.

Wie konnte sich ein Mann so schnell so sehr verändern? Gestern hatte er sie eine Diebin genannt. Heute – aus keinem Grund den sie sehen konnte – nahm er das Wort zurück und schwor, ihre Familie zu beschützen. Was war passiert? Was hatte sie gemacht?

Ihre Gedanken gingen immer im Kreis herum, ohne eine Antwort zu finden. Es machte alles keinen Sinn. Nicht Brandons unerwartete Güte. Nicht die herrliche sieben-Gänge Mahlzeit, die seine Haushälterin irgendwie gezaubert hatte. Nicht sein Versprechen von uneingeschränkter Unterstützung.

Und das Schlimmste? Sie war sich nicht sicher, ob es ihr etwas ausmachte, dass es keinen Sinn machte.

Wer brauchte „Sinn", wenn ein Millionär versprach, all

ihre Probleme zu lösen? War „Sinn" wichtiger, als seine verzückten, leuchtenden Augen, die sie über ein Glas Champagner hinweg ansahen? Als die Tatsache, dass er sie berauschender zu finden schien, als die besten Weine? Sie! Hannah Stiles, die Tochter eines Bauern. Eine Frau, die den Unterschied nicht kannte zwischen „Shiraz" und einem… einem… was auch immer der andere Wein gewesen war.

Es war ihr so peinlich gewesen, zugeben zu müssen, dass sie nichts über Wein wusste. Sicherlich würde er das grob, unkultiviert finden. Stattdessen hatte er einfach gelächelt und gesagt: „Dann habe ich so viele wundervolle Dinge, die ich Ihnen zeigen kann."

Nein. Sinn war dem gegenüber wertlos. Sie wusste nicht warum, aber der Griechische Gott von dem sie geträumt hatte, war zurück.

Und würde wieder verschwinden.

Das war der Wurm im Apfel. Es konnte nicht anhalten.

Morgen würde sie aufwachen. Sie würde duschen, frühstücken. Wahrscheinlich gut, so wie Amarie kochen konnte. Und dann? Nichts. Ein freundliches Auf Wiedersehen. Ein Händeschütteln. Dann würde sie zurück zu ihrer Familie fahren. Er würde hierbleiben, in seiner New York Villa. Sie würden einander nie wiedersehen. Der Zauber dieses märchenhaften Abends würde wie eine Seifenblase zerplatzen.

Wie konnte sie mit dem Wissen einschlafen? Sie hatte sich in seinem Lachen, seinem Lächeln gesonnt… mit dem Wissen, dass sie dies nie wieder haben würde.

Zu schlafen schien unmöglich. Der Körper kann jedoch nicht für immer ignoriert werden. Irgendwann nach Mitternacht bezwang die Müdigkeit ihre fieberhaften Gedanken und Schlaf übermannte sie.

· · ·

In ihrem Traum stand sie in einer kleinen Lichtung. Junge Birken umringten sie und flüsterten sanft in dem Nachtwind. Ein Vollmond stand hoch im Himmel und tauchte alles in ein weiches, silbernes Licht. In der Mitte der Lichtung glitzerte ein Teich. Das Wasser spiegelte das Licht wider, wie winzige Blasen, die in den Nachthimmel stiegen.

Hannah nahm dies aber kaum wahr, denn *er* war da. Brandon.

Er stand vor ihr, barfuß auf dem moosigen Boden. Nur ein dünner seidiger Morgenmantel verhüllte seinen schlanken, starken Körper vor ihren gierigen Blicken. Seine Brust war unbedeckt und Hitze stieg tief in ihrem Inneren auf, als ihr Blick langsam an seinen strammen Muskeln herunterwanderte. Sein Körper was stark, vollkommen männlich und hatte kein bisschen Weichheit an sich – und ihr Körper erwachte in seiner Anwesenheit. Eine leichte Seidenschärpe hielt den Morgenmantel um seine Hüften verschlossen und neckte sie. Lud sie dazu ein, sich vorzustellen, welche harten, männlichen Freuden darunter auf sie warteten.

Ihre eigene Kleidung spiegelte Brandons wider, grüne Seide statt seiner goldenen. Eine sanfte Brise strich um sie und ließ die Seide an ihrer Haut entlangstreichen wie der Kuss eines Geliebten. Hannahs Atem wurde stockender. Sie wollte ihn. Sie brauchte ihn. Und warum sollte sie sich ihm nicht hingeben? Es war ja schließlich nur ein Traum.

Kalte Furcht stieg in ihr auf. Sie hatte es ruiniert! Träume verschwanden, sobald man sie als solche erkannte. Hannah zuckte zusammen, sich sicher, dass sie vor Schweiß gebadet in ihrem Bett aufwachen würde. Schmerzend vor Verlust. Ihn zu sehen, fast nackt, in seiner ganzen männlichen Pracht… und dann diese Vision zerstört zu haben, bevor sie seine Wunder in Anspruch nehmen konnte…

Aber der Traum blieb. Freude erfüllte sie, verband sich mit ihrem Verlangen und ihrer Lust, als ihr bewusst wurde, dass das Schicksal sie diesmal nicht berauben würde. Für eine Nacht, einen Traum, gehörte er ihr.

Brandon trat zu ihr, bereit sie zu nehmen, die Wunder ihres weichen, weiblichen Körpers zu entdecken.

Mit einem Flimmern änderte sich der Traum plötzlich. Sie hielt jetzt einen Becher in ihrer Hand. Einen silbernen Kelch, gefüllt mit glitzerndem Wasser aus dem Waldteich. In seiner rechten Hand erschien ein goldener Dolch, geformt wie der Fangzahn einer riesigen Schlange. Beide hielten inne. Donner rollte in der Ferne durch den Himmel, als sie das taten. Wörter versteckten sich in dem Grollen.

„Keine Besitzergreifung ohne die Wahrheit", sagte der Donner. „Zeig es ihr."

„Nun gut." Brandons tiefe Stimme schien den Donner zu erwidern.

Seine linke Hand entfernte die Schärpe mit einer schnellen Bewegung und seinen Mantel glitt zu Boden. Hannah stöhnte leise auf, als sie seine harte, steife Männlichkeit endlich sah, die sich mit einer wilden Lust nach ihr sehnte, die der ihren glich.

Er schaute ihr in die Augen und breitete seine Arme weit aus. „Erblicke meine Seele", sagte er zu ihr.

Licht explodierte aus ihm heraus, durchzogen mit Bändern aus reinstem mitternachtsblau. Sie wanden sich um seinen schlanken, muskulösen Körper, stiegen auf, drehten sich, verbanden sich... und plötzlich befand sich ein prächtiger schwarzer Drache über ihm, mit tiefgründigen Augen, die sie ansahen. Mit einem Brüllen, das sie erzittern ließ, spreizte er seine Flügel. Dominierend, die Lichtung einnehmend.

Und sie.

„Dies ist meine Seele." Brandons Stimme wurde sanfter, rau vor Lust und Verlangen. „Kannst du deren Kraft ertragen?"

Könnte Sie das? Hannah legte ihren Kopf nach hinten und starrte den Drachen über sich an. Kraft und Lust strahlte von seinem ganzen Körper aus – und jetzt, wo sie ihn anschaute, konnte sie die gleichen verlangenden, gierigen Emotionen auf Brandons eigenem Gesicht widergespiegelt sehen. Seine Liebe war kein schwaches, unbeständiges Ding. Sie forderte. Ihren Körper. Ihr Herz. Alles. Jetzt und für immer. Dafür würde er nichts zurückhalten. Das fühlte sie in ihrem Herzen; der Drache versprach es. Er würde sie so lieben, wie es kein anderer Mann konnte. Er würde sie beschützen, stärken und sogar sein Leben für sie lassen.

Wenn sie sich ihm hingeben könnte. Sich ihm vollständig ergeben könnte.

Hannah wandte sich von dem Drachen ab, ihr Herz jubelnd. Denn die Wahl fiel ihr nicht wirklich schwer. Sie hatte schon immer von so einer Liebe geträumt. Einem solchen Mann.

„Ich heiße dich willkommen", sagte sie zu ihm. „Alles von dir. Deine Stärke. Deine Wildheit. Sogar deine Wut. Ich will dich."

Der Drache brüllte seine Zustimmung als sich Brandons sinnliche Lippen zu einem Lächeln formten. „Dann ergreift Besitz von einander!", schrie er. „Nehmt, was euch gehört."

Er nahm zwei Schritte und stand vor ihr, so nah, dass sie seine Hitze fühlen konnte, wie der Atem eines Drachens. Er hob den Dolch und beugte seinen Kopf. „Hannah Stiles, ich, Brandon, Herr des Ersten Gruppe, nehme dich als meine Partnerin in Anspruch. Lass unsere Seelen und unser Leben auf Ewigkeit miteinander verbunden sein." Damit tauchte er das Giftzahn-ähnliche Messer in der Wasserbecher, den sie hielt.

Der Dolch und der Kelch verschwanden beide. Hannah blinzelte, unsicher, was sie nun tun sollte.

Brandon hatte keine solchen Zweifel. Er streifte den

Morgenmantel von ihren Schultern, wodurch sie nackt und schutzlos dastand. Dann schlangen sich seine starken Arme um sie und zogen sie fest an seinen heißen, männlichen Körper. Sie fühlte seine Manneskraft, sein Bedürfnis, an sich gedrückt, als er ihr Kinn zu sich hochhob und sie küsste. Und sie wusste, mit ihrer Seele, dass er alles war, was sie je brauchen würde. Ihre Liebe. Ihr Partner. Ihr Beschützer.

Sie sanken auf den Boden, Mooskissen unter sich. Brandon lehnte sich über sie, seine Lippen streiften ihre sanft. Verweilten an der Fülle ihres Mundes. Hannah keuchte vor Genuss auf und als sich ihre Lippen öffneten, wurden seine Küsse stärker, fordernder.

Seine Hände streichelten die Kurven ihres Körpers. Erkundeten sie, nahmen von ihr Besitz. Zeichneten ihre weibliche Weichheit nach, so anders als die harte, gespannte Kraft seines männlichen Körpers. Eine Hand streichelte ihren Schenkel, ihren Po und glitt dann zu der Wölbung ihrer Brüste. Ein Finger umschloss ihre feste Brustwarze. Neckend, versprechend. Sie stöhnte vor Lust auf, ihr Rücken drückte sich durch und drückte sie an ihn.

Begierde durchströmte ihn als Antwort auf ihre Lust. Seine Küsse wurden härter, gieriger, fordernder. Er zog sie an sich, seine Umarmung wurde eng, fast schmerzhaft und sein Bedürfnis erblühte.

Doch sie vertraute ihm. Er war ein Alpha, ein Meister, über sich selbst und über andere. So heftig sein Verlangen auch war, er verlor sich nicht darin. Obwohl seine Küsse noch grob vor Verlangen waren, wurden sie sanfter. Sie wanderten ihren Hals entlang, über ihre Schultern, dann zu ihren Brüsten. Ihr sanftes Stöhnen wurde lauter, dringender als seine Hand zwischen ihre Schenkel rutschte, sie streichelte, die brennende Bedürfnis ihrer Weiblichkeit spürend.

Sein heißer, muskulöser Körper rollte sich auf sie. Ihre Blicke trafen sich, als er ihr eine stumme Frage stellte.

Sie antwortete ihm, indem sie ihn zu sich runterzog und leidenschaftlich küsste. Ihre Beine schlangen sich um ihn. Sie gab sich ihm hin.

Er drang sofort in sie ein. Hannah schnappte nach Luft als seine Härte in sie fuhr, sie erfüllte. Der Genuss darüber vertrieb alle Gedanken und ihre Finger krallten sich in seine Schultern, als sie ein unwiderstehliches Bedürfnis erfüllte.

Er nahm sie. Jeder harte, heftige Stoß seines Schwanzes ließ Glückswellen durch ihren Körper fließen. Sie konnte seine rasende Gier fühlen, kaum unter Kontrolle, als er sie nahm. Ihre Lust wuchs mit jedem Stoß und sie keuchte hilflos. Sein hartes Keuchen vermischte sich mit ihrem, als seine eigene Erregung wuchs.

Sie kam mit einem heftigen Stöhnen, ihr Rücken drückte sich durch, als sie den Höhepunkt erreichte. Sein Aufschrei verschmolz mit ihrem als er in ihr explodierte.

Brandon glitt sanft an ihre Seite. Eine Zeit lang lagen sie so da, sich in der Wärme ihrer Körper sonnend. In dem Echo der Wonne, die sie geteilt hatten.

Langsam, bedauerlicherweise ließ der Genuss nach. Als er verklang, hinterließ er eine peinliche Frage. Hannah drehte sich zu ihm und streichelte seine Wange. „Es tut mir leid. Habe ich dich gekratzt? Ich…" Sie verstummte, denn sie wusste nicht, wie sie die wilde, hemmungslose Leidenschaft erklären sollte, die er in ihr erwacht hatte.

Brandon blinzelte überrascht – und legte dann seinen Kopf nach hinten und lachte, ein tiefes, schallendes Lachen vor Vergnügen. Irgendwo über ihnen erwiderte der große Drache seiner Seele diese Heiterkeit. „Oh, meine Liebe. Ich bin ein Drache. Du könntest mir nie wehtun!"

Sie stimmte in sein Lachen ein, verbarg ihr Gesicht in der Wärme seiner Schulter. Er zog sie an sich und küsste ihren Kopf…

. . .

Und dann erwacht sie.

Das Zimmer war leer. Dunkel. Schweißnasse Laken umgaben sie.

Sie war allein.

Für einen herzzerreißenden Moment hielt sie an den Fetzen des wundervollen Traumes fest. An der Hoffnung, dass dieses nächtliche Vergnügen wirklich gewesen war, dass sie ihren Seelenverwandten gefunden hatte. Dann wusch Realität über sie und zerstörte ihr Glück.

Es war ein Traum gewesen. Es war nicht wahr. Nichts davon.

Hannah rollte sich zusammen und presste ihre Hand vor den Mund als ihr die ersten Tränen in die Augen traten.

KAPITEL 4

Der Morgen graute, grau und regnerisch. Hannah duschte sich und bereitete sich für den Tag vor, aber nur halbherzig. War es wichtig, wie sie aussah? Ihre albernen Träume von Glück starben heute offiziell. Nein, berichtigte sie sich selbst, sie waren letzte Nacht nach dem furchtbaren Erwachen gestorben. So merkwürdig der Traum auch gewesen sein mag, mit dem Drachen und dem ‚Besitzergreifen‘, er schien so echt, so lebhaft. Echt genug, um sie für einen Moment glauben zu lassen, dass sie wirklich eine leidenschaftliche Nacht mit Brandon verbracht hatte.

Die Realität ließ jedoch nicht zu, dass sie sich auch nur für einen Moment etwas vormachte. Als sie in den Flur trat, hörte sie von unten die zornige Stimme ihres Gastgebers.

„Unsinn! Das passiert nicht.“

„Tut es aber.“ Amarie, die Haushälterin. Verärgert und irritiert, so wie es sich anhörte. „Ist es.“

„Spar dir deine Märchen“, zischte Brandon. Hannah zögerte an der Treppe, da sie sie nicht unterbrechen wollte, aber auch neugierig war und mithören wollte.

Die ältere Dame richtete sich soweit auf, wie es ihre kleine Figur zuließ. „Märchen sind für unsere Arten Geschichte. Du solltest sie beherzigen." Dann drehte sie sich auf der Stelle um und stampfte in die Küche. Brandon schüttelte mit dem Kopf, murmelte etwas und stürmte dann ins Esszimmer.

Wundervoll. Sie konnte noch nicht mal auf einen angenehmen Abschied hoffen. Hannah wartete einen Moment, froh dass niemand sie gesehen hatte und ging dann zum Frühstück.

Das tatsächlich so unangenehm wie befürchtet war. Brandon grübelte vor sich hin. Hin und wieder schaute sie auf und sah, wie er sie anstarrte, sein Gesicht verdunkelt von Gefühlen, die sie nicht zuordnen konnte. Wut? Trauer? Verzweiflung? Zweimal atmete er tief ein und sie hoffte auf ein Wunder. Dass er sie bat, zu bleiben. Dass er ihr anbot, mitzukommen. Dass etwas, irgendetwas, es veranlassen würde, dass sie etwas länger zusammenbleiben könnten.

Nichts passierte. Jedes Mal seufzte er und stocherte weiter in seinem Essen herum. Sie konnte ihm sein Schweigen nicht übelnehmen. Ihr fielen auch keine Worte ein. Sie konnte ihm auf keinen Fall sagen, was dieser leere, falsche Traum ihr bedeutet hatte. Es war ja nicht so, als hätte er diese Leidenschaft wirklich mit ihr geteilt.

Also blieben sie stumm. Bei Pfannkuchen und Eiern und kleinen Quiches. Als Amarie dann die letzten Teller wegräumte, brach er letztendlich die Stille.

„Du fährst dann jetzt." Eine Aussage, keine Frage. „Ich darf doch du sagen?"

„Natürlich, gerne. Ja, tue ich." Es gab keine Alternative.

„Jetzt?"

War das Sehnsucht in seiner Stimme? Wollte er, dass sie nein sagen würde, sie bleiben würde? ‚Jetzt und für immer' wie ihr Traum gesagt hatte. So sehr sie sich nach einem Grund, einer Ausrede zu bleiben sehnte, was könnte sie sagen?

Die Logik ließ nur eine enttäuschende Antwort zu. „Ja. Es ist eine lange Fahrt. Ich sollte mich auf den Weg machen."

Er nickte, sein Ausdruck unlesbar. Dann schüttelte ein weiterer bebender Atemzug seinen starken Körper und er stand auf. „Wenn du mich dann entschuldigen würdest, ich habe etwas Geschäftliches, um das ich mich kümmern muss."

„Natürlich." Sie stand ebenfalls auf, mit schwerem Herzen, und drehte sich zur Tür. „Danke", fügte sie matt hinzu. „Für deine Großzügigkeit."

„Bitte." Die Herzlichkeit dieses Wortes hielt sie zurück. „Vergiss mein Angebot nicht. Ich werde dich und deine Familie beschützen, egal was passiert. Du hast mein Wort. Wenn du etwas brauchst – *egal was* – ruf mich an."

Egal was? Sicher, flüsterte eine kleine hinterhältige Stimme ihr ins Ohr, könnte sie sich eine Ausrede ausdenken, warum er zu ihrem Hof kommen müsste? Sie musste über ihre eigene Gier lächeln.

Brandon lächelte zurück und die Stimmung änderte sich zu einer leichten Melancholie.

„Das werde ich", versprach sie ihm. Und meinte es.

Amarie kam sie Treppe herunter, mit ihrer kleinen Tasche in der Hand.

„Ich kann das nehmen." Hannah versuchte sie zu nehmen, aber die alte Frau trat einfach um sie herum, merkwürdig flink für ihr Alter. Sie würde die Tasche nicht loslassen, bis sie an der Tür waren.

Als Hannah in den trüben Regen trat, tätschelte die Haushälterin ihre Hand. „Mach dir keine Sorgen, Kind", sagte sie. „Es wird schon alles gut werden. Wenn sich jemand töricht benimmt, rennt das Schicksal ihn um und macht ihn platt."

Hannah hatte keine Ahnung, wie sie das aufheitern sollte. Brandon hatte recht. Seine Haushaltshilfe war wirklich ein bisschen verrückt. Aber sie lächelte Amarie an und ging, verschwand in dem kalten, grauen Oktoberregen.

Der New Yorker Verkehr war wie immer schrecklich. Sechs lange, ermüdende Stunden später kam sie endlich in Beverly's Corner an, eine halbe Stunde bevor die Bank schließen würde. Je schneller sie Brandons Scheck einzahlen würde, desto schneller könnte sie die erdrückenden Schulden, die ihre Familie belasteten, tilgen. Als sie in der Schlange stand, musste sie bei dem Gedanken an den Schock und die Freude ihrer Eltern lächeln, wenn sie den Grund für ihre Fahrt in die Stadt erfahren würden.

Als sie der Bankangestellten den Scheck überreichte, schnappte die Frau nach Lust. „Oh, Frau Stiles, das ist aber viel Geld! Haben Sie im Lotto gewonnen?"

In einer kleinen Stadt wie Beverly war eine Frage wie diese nicht ungewöhnlich, oder unhöflich. Es gab hier niemanden, der ihre Familie nicht kannte oder nicht von der Tragödie gehört hatte, die ihnen widerfahren war. „Stellen Sie sich vor, wir hatten eine Antiquität die ein Vermögen wert war."

„Eine Antiquität die zweiundsiebzig *tausend* Dollar wert

war?!?" Mehrere Leute drehten sich daraufhin um und Hannah lief rot an. Sogar Herr Overton, der Bankleiter, sah sie durch seine dicke Brille hindurch an. Sie nickte und die Bankangestellte lachte ungläubig auf. „Ach du meine Güte! Ich werde dieses Wochenende mal *meinen* Dachboden durchsuchen! Vielleicht werde ich ja auch Glück haben!"

Hannahs Lächeln wurde gezwungen. Nun wusste sie, worüber die Stadt diese Woche tratschen würde. Aber es war nicht wichtig. Sie hatte nichts Falsches gemacht.

Aber als sie sich zum Gehen umdrehte, trat Herr Overton an ihre Seite. „Frau Stiles? Könnte ich in meinem Büro mit ihnen reden?"

„Natürlich." Verwirrt ging sie ihm zu seinem kleinen, sterilen Zimmer nach. Der kleine Mann schloss vorsichtig die Tür und setzte sich. Er erschien Hannah komisch nervös.

„Herzlichen Glückwunsch zu dem wertvollen Fund", sagte er. „Das müsste so ungefähr genug sein, um die Schulden Ihrer Familie abzubezahlen."

„Es *ist* genug", berichtigte sie ihn. „Wir werden den Hof nicht mehr verkaufen müssen."

Er wand sich nervös. „Ach ja? Ich, ähm, ich hatte, ähm, von Frau MacDunnah, drüben bei Northland Realty, gehört, dass Ihre Eltern schon einen Käufer hätten."

Nun gut, jeder plauderte, aber das… das waren schon eher schlechte Manieren! Sie schüttelte steif den Kopf. „Es gab ein Angebot, aber sie haben es noch nicht angenommen."

„Es war ein gutes Angebot, oder?" Kleine Schweißperlen formten sich auf seiner Stirn. Warum in aller Welt war er so aufgeregt? „Das hatte ich zumindest so gehört."

Ihre Augen wurden zu schmalen Schlitzen. Wer gab solche persönlichen Informationen weiter? Sie würde ihren Eltern sagen, dass Frau MacDunnah anscheinend *viel zu viel* plauderte! „Davon weiß ich nichts." Nicht ganz die Wahrheit, aber das ging ihn nichts an. „Aber was ich weiß ist, dass keiner von uns unser Zuhause verlieren will. Der Hof bedeutet meinen Eltern die Welt. Mein Vater ist dort aufgewachsen und mein Großvater auch! Wir werden es nicht verkaufen, egal was uns diese Makler anbieten."

„Ja, natürlich, natürlich." Er zog ein Taschentuch aus seiner Hose und tupfte seine Stirn damit ab. „Entschuldigung. Könnten Sie mich, ähm, für eine Minute entschuldigen? Es gibt da etwas, das ich, ähm, mit ihnen besprechen möchte, aber ich muss erst noch… etwas… machen. Ich bin in einer Minute zurück."

Ihr Instinkt sagte ihr, dass sie gehen sollte. Etwas war hier nicht in Ordnung. Aber sie unterdrückte diese paranoiden Gefühle. Es war Herr Overton, um Gottes willen! Sie kannte ihn schon, seitdem sie ihr erstes Sparschwein hierhergebracht hatte, als sie fünf war. Wenn er eine Minute brauchte, würde sie sie ihm geben.

Eine Minute verging. Dann wurden aus der einen Minute zwei, dann fünf. Nach zehn Minuten tauchte eine Sekretärin auf, bot ihr Kaffee an und entschuldigte den Bankleiter. Das ‚etwas', was auch immer es war, war fast erledigt. Fast. Er würde in (noch) einer Minute hier sein.

Sie hatte jede Auszeichnung für gemeinnützige Arbeit auf seinem Schreibtisch gelesen – dreimal – und wollte gerade gehen, als die Tür hinter ihr aufging.

Eine Energie wirbelte ins Zimmer und ihr standen die Nackenhaare zu Berge. Ein Gefühl von etwas kraftvollem, was ihr leicht bekannt vorkam, kam über sie. Brandon! Sie sprang auf und drehte sich um. Wie konnte es sein, dass er hier war?

Der Mann der in der Tür stand war nicht ihr Gönner. Es gab vage Ähnlichkeiten zwischen den beiden Männern. Sie hatten beide hohe Wangenknochen, einen starken Körperbau und das dominante Auftreten von Männern, die es gewohnt waren, dass man ihnen gehorchte. Und sie waren beide atemberaubend gutaussehend. Aber das war alles, was sie gemeinsam hatten.

Der Fremde war hell statt wie Brandon dunkel. Blonde Harre, durchzogen von roten Strähnen, fielen ihm bis zu den Schultern seines maßgeschneiderten Anzugs. Sein ‚freundliches‘ Lächeln reichte nicht bis zu seinen funkelnd grünen Augen, die sie mit einer kühlen Verachtung ansahen. Als Hannah ihm gegenübertrat, erwachte irgendein uralter Instinkt in ihr. Eine winzige Stimme in ihrem Hinterkopf warnte sie ‚er ist ein Schurke. Sei ganz, ganz vorsichtig.‘ Sie hatte *keine* Ahnung, woher ihr verrückter Glaube gekommen war, dass Brandon den Raum betreten hatte. Je länger sie den Fremden ansah, desto überzeugter wurde sie, dass die beiden Männer das komplette Gegenteil von einander waren.

„Frau Stiles? Hallo.“ Der Mann hielt ihr seine makellos manikürte Hand hin, die sie vorsichtig schüttelte. „Verzeihen Sie die Warterei.“

Als er ihr die Hand hinhielt, glitzerte ein großer Manschettenknopf an seinem Ärmel. Ein aufwendiger goldener Knoten auf einem blutroten Stein. Nein, kein Knoten, bemerkte Hannah. Es war ein wurmähnlicher Drache, der sich wand und seine eigenen Flügel abbiss.

War er das ‚etwas‘ von Herr Overton? Sie zog ihre Hand nach einem kurzen Händeschütteln zurück, verwirrt und unruhig. Warum hatte sie gedacht, es sei Brandon? Die zwei Männer ähnelten sich nicht wirklich besonders. „Es tut mir leid, Herr Overton hat mir Ihren Namen nicht mitgeteilt.“

„Stephen LeMar. Bitte, setzen Sie sich.“ Aber sie sah, dass er sich selbst nicht hinsetzte. Er lehnte sich an den Türrahmen und versperrte damit den einzigen Ausgang. Der Gedanke, dass er in dem winzigen Zimmer über ihr stand, ließ sie erschaudern. Wie eine Taube, die einen Habicht über sich kreisen sah.

Nein, sie würde nicht zulassen, dass er sie so verunsicherte. Anstatt sich zu setzen, nahm sie ihre Handtasche und schwang sie über ihre Schulter. „Ich habe eigentlich keine Zeit zum Reden. Es war ein langer Tag."

„Dann werde ich es kurzhalten. Ich bin der Vorsitzende von C&L Enterprises. Die Investmentgesellschaft, die das Angebot für den Hof Ihrer Familie gemacht hat." Als sie nichts sagte, fuhr er fort. „Ich habe erfahren, dass ihre Familie das Angebot – wahrscheinlich – ablehnen wird. Also wollte ich hören, ob ich irgendetwas machen kann, um Ihnen das Angebot zu versüßen. Falls es ein höherer Preis ist, den Sie wollen, nennen Sie ihn."

„Das müssen meine Eltern entscheiden. Sie sind es, denen der Hof eigentlich gehört."

Sein Lächeln wurde breiter und zog sich mit einem bösartigen Vergnügen nach oben. „Aber das stimmt doch nicht wirklich, oder? Ohne Sie hätten sie schließlich keine Wahl. Sie sind diejenige, die ihnen aus der Patsche hilft. Sie sind diejenige, die irgendeine alberne Antiquität für ein kleines Vermögen verkauft hat."

Wie konnte es Herr Overton wagen, solch persönliche Informationen weiterzugeben! Hannah sandte eine stumme Verwünschung in seine Richtung.

Bevor sie sich beschweren konnte, trat LeMar näher an sie heran. „Und warum sollten Sie das tun?" Seine Stimme wurde zu einem tiefen Murmeln. „Sie waren diejenige, die erkannt hat, was dieser Plunder wert war. Sie waren diejenige, die die ganze Arbeit hatte. *Sie* verdienen die Belohnung. Behalten Sie, was Ihnen zusteht", zischte er.

Er hatte nicht unrecht... oder? Eine Sekunde später zuckte sie vor Schreck zusammen. Doch, hatte er! Auf jeden Fall! Wie konnte sie auch nur denken...?

Grüne Augen, kalt wie Echsenhaut, sahen sie an. Erstaunt über ihre plötzliche Gier, schüttelte Hannah ihren Kopf. „Sie gehört meiner Familie. *Ich* gehöre zu meiner Familie. Ich liebe sie und…"

„Und Sie wollen bis an Ihr Lebensende in diesem Drecksloch einer Stadt bleiben?" Eine seiner dünnen, gezupften Augenbrauen zog sich nach oben. „Fehlt Ihnen Ambition? Antrieb? Schauen Sie sich nur selbst an! Sie sind jung. Sie sind schön. Warum sollten Sie in so einem Kaff vergammeln, sich für eine Familie abrackern, die es nicht verdient hat?"

Seine Worte waren dumm, töricht. Und doch…

Und doch, als sie versuchte ihren Blick von seinen furchtbaren, stechenden Augen abzuwenden, verbreitete sich eine bockige Gier in ihrem Herzen. Warum *sollte* sie ihren Eltern das Geld geben? Obwohl sie dreiundzwanzig war, behandelten sie sie wie ein Kind. Frugen sie *sie* jemals, wie sie helfen konnte? Nein!

LeMar trat näher, nah genug, dass sie die Wärme seines Körpers an ihrer Schulter fühlen konnte. „Der Scheck war in Ihrem Namen, oder? Er gehört Ihnen. Nehmen Sie ihn. Nehmen Sie das Geld und verschwinden Sie." Seine Stimme wurde grober, ärgerlicher. „Verlassen Sie diese nutzlosen Dummköpfe, die versuchen Ihnen *ihre* Schulden aufzuschieben, *ihre* Pflichten! Glauben Sie ihnen nicht, wenn sie so tun, als ob sie über Ihr Schicksal Bescheid wüssten. Nehmen Sie Ihr Leben in die Hand, Ihr Vermögen, Ihre Zukunft. Was wollen Sie auf dieser Welt am meisten, Frau Stiles?"

Bilder wirbelten durch ihren Kopf, wie Teile eines Traums. Seidenkleider, bunt und hauchdünn. Ein Zimmer voller eleganter, schmuck- behangener Menschen die tanzten – und sie in deren Mitte, lachend.

„Sie können das alles haben." LeMar beugte sich zu ihr und flüsterte ihr ins Ohr.

Ein tropischer Strand. Blauer Himmel und feiner weißer Sand, so weit ihr Auge reichte und alles nur für sie und Brandon.

Brandon.

Sein Name, der Gedanke an ihn, vertrieb diese giftigen Verlockungen wie ein Schwerthieb. Die verlockenden Bilder verschwanden und Hannah fühlte sich, als ob sie von einem Zauber erwachte.

„Mit diesem Geld können Sie alles kaufen, was Sie sich wünschen", versprach Stephen ihr.

Sie lachte ihn fast aus. Manche Männer waren vielleicht käuflich. Brandon Lorde war keiner davon. Auch konnte sie kein Preisschild an die Liebe ihrer Eltern hängen oder das stolze Lächeln von Danny, als er das erste Mal nach dem Unfall sein Bein bewegen konnte. Ein Erfolg den er größtenteils ihrer unermüdlichen Unterstützung zu verdanken hatte.

Nichts war mehr wert als das.

Es wurde ihr auf einmal bewusst, wie nah LeMar an sie herangetreten war. Wie er über ihr lehnte, sie anfasste. Hannahs Mund verzog sich vor Ekel und sie wich schnell zurück. „Kein Interesse", fauchte sie. „Ich muss los."

Sein Kopf schnellte zurück als ob sie ihn ins Gesicht geschlagen hätte. Eine Sekunde guckte er ungläubig und dann verbreitete sich Wut auf seinem eleganten Gesicht.

Nein, nicht Wut. Zorn. Hannah schluckte und rang mit dem Drang zu fliehen.

Er stand über ihr, Zähne vor Wut gebleckt, seine Wut kaum unter Kontrolle und sein attraktives Gesicht verzog sich zu einer schrecklichen, beängstigenden Maske. „Sie *wagen* sich? Sie verweigern es mir? Sie spucken auf mein Angebot? Sie werden das bitter bereuen, Sie..."

Lauf. Sie musste davonlaufen, entkommen. Aber angesichts seines boshaften, unmenschlichen Zorns stand Hannah da wie angewurzelt.

Klopf, klopf! Ein leises Klopfen an der Tür zerschmetterte die Spannung. LeMar schnellte herum, um Kontrolle ringend, als Herr Overtons Sekretärin die Tür öffnete und eintrat. Die kleine Frau hielt sofort inne. Sein Versuch seine Wut unter Kontrolle zu bekommen, war nicht ganz erfolgreich.

Er streckte seine Hand nach den Papieren aus, die sie in der Hand hielt. „Geben Sie sie mit! *Jetzt!*" Die Sekretärin tat es – und rannte dann schnellstens aus dem Zimmer.

Hannah war versucht, das gleiche zu tun – aber sie würde es nicht zulassen, dass dieser Mann sie einschüchterte. Als er sich böse dreinschauend die Papiere ansah, knirschte sie mit den Zähnen und ging auf die Tür zu.

„Stopp!", schrie er. Sie erstarrte. Stille fiel hinter der Tür als alle Gespräche in der Bank verstummten.

Er zeigte ihr die Papiere. Schockiert erkannte sie eine Kopie des Schecks den sie gerade einbezahlt hatte.

„Woher kennen Sie Brandon Lorde?", wollte LeMar wissen. Sein Zorn war verschwunden, abgelöst von irgendwelchen dunklen Gefühlen, die sie nicht benennen konnte. Es sah aber sehr nach einer Art Fieber aus. Das erfreute Hannah, mehr als sie zugeben wollte.

„Ich habe ihm eine Antiquität verkauft."

„Wie haben Sie ihn kennengelernt? Ist er ein Freund der Familie?"

Er nahm tatsächlich ein bisschen Abstand von ihr! So als wäre sie… furchterregend? Gefährlich?

Hannah blieb nicht lang genug, um es herauszufinden. Als der bedrohliche Fremde von der Tür wegging, rannte sie an ihm vorbei und ging durch die schockierte Menge, die in der Bank zugehört hatte.

Aber sie rief über ihre Schulter zurück: „Das geht Sie gar nichts an!"

KAPITEL 6

Als sie wieder sicher in ihrem Auto war, lehnte sich Hannah gegen das Lenkrad und wartete bis das Zittern aufhörte.

Was war da drinnen mit ihr *los gewesen*? Wie hatte sie diese furchtbaren Sachen nur denken können? Ja, das Leben war momentan ein bisschen kompliziert, mit den Rechnungen, den Sorgen und Dannys Rehabilitation. Aber träumte sie wirklich davon, ihre Familie im Stich zu lassen? Davon vor allen, die sie liebte wegzulaufen? War sie wirklich so egoistisch, so habgierig?

Nein. Ihre Nerven beruhigten sich und sie lehnte sich zurück. Sie konnte das nicht glauben. Sie sah sich selbst nicht als eine Kämpferin – aber sie war auch kein Feigling. Nichts bedeutete ihr so viel, wie die Menschen, die sie liebte. Sie würde sie niemals im Stich lassen.

Warum dann die Versuchung? Und warum waren die Szenen von weltlichen Wonnen so echt, so realistisch gewesen? Das ergab alles keinen Sinn. Es war so gewesen, als wäre sie in einem Zauber gefangen gewesen. Halluzinierend. Wurde sie verrückt? Sie hatte noch nie so einen Traum wie letzte Nacht gehabt, wo Brandon sie als seine Partnerin in Besitz genommen hatte. Und jetzt das. Ein verrückter, feiger Drang das Geld für Albernheiten zu vergeuden.

Sie sah eine Bewegung in ihrem Rückspiegel. Sie erhaschte einen Blick auf LeMar wie er aus der Bank herauskam und am Handy redete. Hannah guckte weg und hoffte, dass er nicht zu ihr rüberkommen würde. Als sie wieder aufsah, war er verschwunden.

Was jetzt? Während sie in der Bank gewesen war, war es dunkel geworden. Zuhause würde ihre Mutter das Abendessen auf den Tisch stellen. Ohne Zweifel machten sie sich alle Sorgen über sie und wunderten sich, warum sie gestern so eine geheimnisvolle Fahrt unternommen hatte. Sie lächelte beim Gedanken an ihre Gesichter, wenn ihnen bewusst werden würde, dass sie – mit zweiunddreißig noch ihr ‚kleines‘ Mädchen – die Situation gerettet hatte. Sie hatte einen galanten, reichen Fremden mit genug Geld gefunden, um ihr Haus zu retten. Ihr Lächeln schwand leicht, wurde trauriger, melancholischer. Wie könnte sie ihnen Brandon erklären? Seine Stärke. Die nackte, männliche Kraft die von ihm ausströmte. Das würden sie niemals verstehen.

Vielleicht war das auch okay so. Der Gedanke brachte sie zum Kichern. Sie war keineswegs mehr ein Kind aber sie *wollte* ihren Eltern auch nicht die wilde, leidenschaftliche Lust die dieser Mann in ihr hervorrief, erklären müssen. Und etwas, was mehr als reine Begierde war. Eine Bindung als ob sie die andere Hälfte ihrer Seele gefunden hätte.

Vielleicht würden sie es verstehen, wenn sie ihn treffen würden. Wenn ihr ein Grund einfallen würde, warum sie ihn von New York herrufen könnte.

Warte mal. Ihre Augen funkelten auf. Sie *hatte* eine Frage an Brandon! Dieser eklige LeMar Typ schien ihn zu kennen. Vielleicht waren die beiden Bekannte? Es war eine Frage wert. Obwohl Hannah bezweifelte, dass diese Frage ihren geheimnisvollen Beschützer hierherbringen würde, suchte sie verzweifelt nach einem Grund – einer Ausrede – um seine tiefe, dunkle Stimme wiederzuhören. Zu hören, wie er ihren Namen sagte.

Ihr Atem wurde kurz als sie seine Nummer wählte. Hannah zwang sich einzuatmen, sich zu beruhigen. Sie konnte ihm ihr Bedürfnis nicht zeigen. Sie würde vor Scham vergehen.

Er antwortete beim zweiten Klingeln. Keine Begrüßung. Keine Floskeln. Nur „Brandon Lorde".

Das ähnelte ihm, dachte sie mit einem liebevollen Lächeln. Stark. Eine Schroffheit, die fast unhöflich war – wenn man nicht den schützenden Drang kannte, der dahintersteckte. Obwohl viele Meilen zwischen ihnen lagen, machte sie die Augen zu und genoss es, einfach seine Stimme zu hören.

„Hallo? Ist da jemand?"

Oh je! Sie musste etwas sagen! „Ähm, hallo!" Ihre Wangen brannten und alle klaren Gedanken waren wie verflogen. „Hallo, ähm, es ist…"

„Hannah!" Freude vertrieb das Grummeln in seiner Stimme. Ihr Herz schlug bei dem Laut schneller. Er hatte sie vermisst! Er empfand das gleiche Verlangen wie sie. Sie waren nur ein paar Stunden getrennt gewesen und es war doch deutlich in seiner freudigen Stimme zu hören.

Dieses Glück dauerte nur weniger als eine Sekunde an. „Was ist los?", fragte er gereizt. Er bereitete sich darauf vor alles anzugreifen, was sie bedrohte.

„Naja, nichts wirklich… aber…"

‚Nichts wirklich' war nicht gut genug. „Bist du in Gefahr?" Sie hörte ein lautes Rascheln von seiner Seite, als ob er sich schon seine Jacke schnappte, um an ihre Seite zu eilen. Sein wilder, bedingungsloser Schutz entzückte sie.

Erfüllte sie mit einem Echo der Lust, die sie empfunden hatte, als der Traum sie zusammengebracht hatte.

„Nein, mir geht's gut. Ich bin unversehrt. Ich…"

„Was ist dann los? Du bist nervös."

„Naja, es ist nur…" Sie zögerte und versuchte einen Weg zu finden, um LeMars Angriff weniger verrückt – und trotzdem beängstigend – klingen zu lassen. Momentan sehnte sie sich unheimlich nach einem Beschützer. Bevor sie ihre Gedanken ausdrücken konnte, meinte Brandon schon er wüsste, wer der Feind war.

„Hinterfragt die Bank den Scheck? Wenn sie dir Schwierigkeiten machen, werde ich dahin kommen und…"

Hannah lachte verzweifelt auf. „Brandon, warte! Warte… eine Sekunde. Ich erklär es dir, wenn du mich lässt!"

Das beruhigte ihn. Die meisten Männer hätten sich dafür entschuldigen, ihr so über den Mund gefahren zu haben. Ihr wurde aber bewusst, dass Entschuldigungen nicht wirklich Brandon Lordes ‚Ding' waren. Er zögerte einfach, seufzte und sagte: „Tu das bitte."

„Danke." So nervig seine Heftigkeit auch sein konnte, sie mochte sie und versuchte die versteckten Gefühle dahinter zu erraten. Ihre Familie drückte ihre Gefühle immer deutlich aus, selbst als sie ein Kind gewesen war. Brandon war anders. Seine Zuneigung war so rasch, so schützend. Wie würde es sich anfühlen, seine komplette Liebe zu besitzen?

Hannah schüttelte den Kopf, um den Gedanken zu vertreiben. Sie konnte nicht hiersitzen und vor sich hinträumen, mitten im Gespräch. „Die Bank hat den Scheck akzeptiert", versicherte sie ihm. „Aber es ist etwas Merkwürdiges passiert."

„Und?" Brandon hielt sein Versprechen und redete nicht weiter. Aber das einzelne Wort war kurz und spitz, fast wie ein Befehl an sie, sich zu beeilen und ihm den Idioten zu nennen, der ihr lästig war.

„Kennst du einen Stephen LeMar?“

Er dachte lange über die Frage nach bevor er „Nein“ antwortete.

„Das ist aber komisch! Er hat deinen Namen auf jeden Fall gekannt.“

„Wirklich?“ Brandon klang nicht überrascht. „Es ist nicht wirklich überraschend. Ich bin, ähm, in manchen Kreisen wohlbekannt.“ Hannah wartete, aber er erläuterte nicht, was für ‚Kreise‘ das waren. „Was hat dieser LeMar gemacht?“

„Er ist der Vorsitzende von C&L Enterprises.“ Noch immer kein Anzeichen davon, dass das Brandon etwas sagte. „Er will unseren Hof kaufen.“

„Hat er dich bedroht?“ Das Knurren ihres Beschützers war zurück. „Versucht, dich zum Verkauf zu drängen? Ich kann morgen einen boshaften Anwaltswiesel dort haben, wenn dieser LeMar dich belästigt.“

„Nein. Naja, hat er, aber es war nicht bedrohlich.“ Kein bisschen wahr. Aber wie konnte sie das Brandon erklären? Sie konnte nicht sagen, dass LeMar in eine Macht eingehüllt zu sein schien, ein kaltes, bitteres Echo der Stärke, die sie in ihm sah. Er würde denken, sie sei verrückt. „Er hat uns nur mehr Geld angeboten.“

„Aha.“

Jetzt fühlte sie sich wie eine Närrin. Sie hatte ihn wegen nichts angerufen. Wegen einer albernen Nervosität die sie selbst nicht erklären konnte.

Brandon tat sie aber nicht so schnell ab. „Hannah, es gibt Gründe warum ein Wand...“ Er räusperte sich. „Warum jemand in meinen Kreisen dein Land haben wollen würde. Sehr sogar. Viele Menschen in meinen Kreisen würden dir viel Geld dafür anbieten, wenn du daran interessiert wärst. Was du nicht bist“, fügte er schnell hinzu, als sie zu protestieren anfing.

Es herrschte Ruhe. Als sie sich gerade dafür entschuldigen wollte, seine Zeit verschwendet zu hatte, redete er mit leiser Stimme weiter. „Diese Frage hört sich vielleicht sehr komisch an. Aber hat Stephen LeMar dich an irgendetwas erinnert? Eine Person? Oder gar ein Tier?"

Ein Transporter fuhr in den Parkplatz hinter ihr, mit dem Fernlicht an. Hannah hob ihre Hand, um ihre Augen davor zu schützen. „Das tat er tatsächlich. Er..." Sie dachte an LeMars schroffe Schönheit, die Drohung von Wut und Kraft, die er ausstrahlte. „Er hat mich ein bisschen an dich erinnert. Eine wirklich eklige Version von dir", fügte sie hinzu.

„Es sollte niemanden wie mich in Beverly geben." Sein Knurren war wieder da, stärker als zuvor. Hannah hatte aber überhaupt keine Ahnung, was er damit meinte. „Gab es etwas, das dir an ihm aufgefallen ist? Ein Zeichen an seiner Kleidung? Ein auffälliger Ring? Irgendetwas?"

Wie konnte er das wissen?

Die Tür des Transporters öffnete sich. Das Fernlicht war noch immer an und sie hoffe, dass der nachlässige Fahrer sich daran erinnern würde, es zu dimmen. „Er hatte eine komische Manschette. Ein roter Stein. Mit einem Bild von einem komischen Drachen darauf. Er sah so aus, als ob er sich die Flügel abreißen würde."

„WAS?"

Brandons Aufschrei von Schock und Empörung hallte durch das Telefon und erschrak sie so sehr, dass sie fast ihr Handy fallen ließ.

„Warum bist du verärgert? Was bedeutet das?"

„Hannah, hör mir zu." Eine wilde Furcht erweichte seine Stimme, aber er ignorierte ihre Frage. „Du bist in Gefahr."

Ihr Mund wurde trocken. Ein Teil von ihr verhöhnte die Warnung. Gefahr? In Beverly, New York? Das war nicht sein Ernst. Dann erinnerte sie sich an LeMars Augen, seinen glühenden Zorn als sie sein Angebot abgelehnt hatte. Nein, sie glaubte Brandon. Sie verstand seine Warnung nicht, aber sie bezweifelte sie auch nicht.

„Schnappt dir deine Familie und verlass die Stadt. Ich werde mich darum kümmern. Übernachtet in einem Motel. Komme *nicht* zurück bis…"

Ihre Tür flog aus.

Neben ihr stand ein großer Mann in Motorradkleidung. Ein gemeines, wolfähnliches Gesicht sah sie unter dickem, verfilztem Haar hervor an. „Zeit zu gehen, Mädchen", sagte er als er ihr ein feuchtes Tuch aufs Gesicht drückte.

Hannah ließ ihr Handy fallen, ergriff sein Handgelenk und versuchte sich zu befreien. Seine Hand bewegte sich nicht; es war so als versuchte sie eine Eisenstange zu verbiegen. Ein süßer und verfaulter Geruch drang in ihre Lungen als sie kämpfte, ihn kratze. Eine schwarze Wolke formte sich an dem Rand ihres Sichtfelds und die Welt um sie herum verblasste.

Das letzte was sie hörte, bevor die Dunkelheit sie erfasste, war Brandons Stimme, die verzweifelt nach ihr rief.

KAPITEL 7

Der Geruch kam als erstes zurück. Verfaultes Essen, alter Schweiß, und… nasses Fell? Als sie wieder zu Sinnen kam, hörte sie ein tiefes, kehliges Knurren und ein unheimliches Kratzen. Wie das Geräusch von Bärenkrallen an einem Baum.

Hannah öffnete die Augen und ihr Kopf hämmerte von den Drogen, die sie an ihr benutzt hatten.

Sie saß auf dem schmutzigen Boden einer alten Scheune. Kalte Zugluft kam durch die Löcher in den Wänden und brachte willkommene frische Luft mit sich. Die langverlassene Scheune stank nach Hunden und ungewaschenen Menschen. Ein halbes Dutzend Lampen warfen mehr Schatten als Licht. Sie lag vornübergebeugt, mit ihren Armen nach hinten verdreht und an einen dicken Posten hinter sich gefesselt, der das Dach stützte.

Sechs lederbekleidete Kerle befanden sich am Rande des Raumes. Sie erkannte denjenigen, der sie geschnappt hatte. Komischerweise schien sich keiner von ihnen für die Frau zu interessieren, die sie entführt hatten. Stattdessen schauten sie nervös auf den Boden vor ihr, wo eine ihr bekannte Person hockte, mit dem Rücken zu ihr.

Stephen LeMar. Das überraschte Hannah nicht wirklich.

Er hockte vorsichtig auf seinen Fersen, um den Anzug vor dem Schmutz und dem Rattenkot zu schützen, der den Holzboden bedeckte. Die merkwürdigen Kratzgeräusche kamen von ihm. Sie konnte ihm nicht über die Schulter sehen, aber er scharrte mit irgendetwas, das sie nicht sehen konnte, am Boden rum. Ein Messer, wie es sich anhörte.

Vorsichtig stellte Hannah sich auf. Die Bewegung zog für einen kurzen Moment die Aufmerksamkeit der Biker auf sich, bevor sie dann LeMar wieder zwanghaft beobachteten. Sie beugte ihre Arme so sehr es die Handschellen zuließen. Beulen, blaue Flecken, Steifheit… aber keine größeren Verletzungen. Ein Ruck bestätigte, dass die Handschellen verschlossen und kein Spielzeug waren.

Es würde nicht einfach sein, zu fliehen. Wie stand es mit einer Rettung? Sie hatten sie nicht geknebelt. LeMar schien aber nicht so ein Typ zu sein, der so etwas Offensichtliches übersehen würde. Wenn sie schreien *konnte*, bedeutete es wahrscheinlich, dass das nicht helfen würde. Mehrere uralte Höfe lagen in den Wäldern rund um Beverly verteilt. Sie nächste Hilfe war wahrscheinlich meilenweit entfernt.

Das Kratzen stoppte. LeMar legte seine Hand auf sein Knie und sah sich sein Werk an.

Nein. Keine Hand. Eine *Klaue.*

Hannah zog vor Schock die Luft ein. Was aus dem Ärmel seines makellosen Anzugs hervorragte war nicht die Hand eines Mannes. Es war eine grün-schuppige Klaue, mit langen Krallen die gefährlich im Lampenlicht funkelten.

Er drehte sich um. Er lächelte über ihren schockierten Ausdruck. Fangzähne füllten seinen Mund. Gebogene Dolche, die nichts an einem Menschen zu suchen hatten.

Drogen. Es mussten die Drogen sein, die sie ihr gegeben

hatten. Hannah kniff ihre Augen zu, als der Raum sich zu drehen anfing. Als sie sie wieder öffnete, war LeMars Hand wieder normal.

Aber die Welt war es nicht.

Ihr Entführer hatte eine aufwendige Rune auf den Boden geschnitzt… nein, gekratzt. Eine Energie kam aus deren Spalten, ein komisch gelber Dunst. LeMar trat schmutziges Stroh über sein Werk und zog dann ein Taschentuch aus der Tasche, um vorsichtig seine Schuhe abzuwischen.

Noch schlimmer, die Biker hatten sich subtil auf eine verrückte, unheimliche Art und Weise verändert. Ihre Haare schienen wilder, zotteliger, wie das Fell von großen Tieren. Gelbe Augen funkelten im Lampenlicht, auf eine Art wie es menschliche Augen nie taten. Und war es ihre Vorstellung oder sahen ihre flackernden Schatten wie große Wölfe aus?

Drogen. Hannah schluckte und hielt an dieser Erklärung wie an einem Rettungsring fest. Es mussten die Drogen sein.

„Gut." LeMar warf das schmutzige Taschentuch zur Seite. „Ich werde morgen früh zurückkommen."

„Warte!", schrie Hannah. Eine weitere Stimme schrie zur gleichen Zeit dasselbe: der größte Biker.

LeMar guckte von einem zu anderen. „Was?"

Sie sprach zuerst: „Was machen Sie? Warum haben Sie mich entführt?"

„Es ist ein Experiment. Du weißt, was ich bin, oder?"

„Ein Arsch?", schlug sie vor. „Ein hinterlistiger, hinterhältiger Wurm?"

Zu ihrer Überraschung lachte er vor Vergnügen auf. „Du hast keine Ahnung, wie sehr du recht hast. Oder?" Seine Augen verengten sich plötzlich. „Oder weißt du mehr als ich dachte?"

Sie hatte *keine* Ahnung wie sie darauf antworten sollte, also starrte sie ihn nur an.

„Du weißt, dass du eine Verwandte bist, oder? Nein?

Nein." Er nickte. „Habe ich mir gedacht. Du hast keine Ahnung, was Brandon ‚Lorde' ist. Du hast keine Ahnung, warum er dir ein Vermögen für irgendein altes Ding gibt. Der einzige Gedanke in deinem Hohlkopf ist ‚Oh, wie schön! So viel Geld!'" Seine Stimme wurde verächtlich. „Ich würde dir die Wahrheit entreißen, wenn ich dächte, du wüsstest sie. Glücklicherweise für dich, bist du eine Idiotin. Die Information, die ich dir aus deinen Gedärmen reißen könnte, ist es nicht wert für die Reinigung dieses Anzugs zu bezahlen."

Obwohl ihr Herz raste, versuchte sie die Angst nicht in ihrem Gesicht zeigen zu lassen. Sie gönnte ihm die Genugtuung nicht, zu wissen wie sehr er sie beängstigte. „Was für eine Art Experiment erfordert, ein Mädchen in einer alten Scheune anzufesseln?"

„Eines wozu ein Köder notwendig ist. Der Gegenstand, den du Brandon gegeben hast. Es war eine Goldmünze, oder?" Obwohl sie nichts sagte, fuhr er fort als ob sie es bejaht hatte. „Das habe ich mir gedacht. Ich will sehen, ob die Münze Blutgold war."

„Ich habe keine Ahnung, was das ist."

„Das glaube ich", sagte er trocken. „Vertrau mir, wenn ich glaubte du wüsstest es, würde ich dir jetzt gleich den Bauch aufschlitzen. Reinigungskosten hin oder her."

LeMar lächelte sie an. Hannah erwiderte das Lächeln nicht.

„Also", er klatschte mit den Händen und drehte sich zu seinen Handlangern um, „wenn ich recht habe, wird Herr ‚Lorde' heute Nacht hier auftauchen."

Hoffnung stieg in Hannahs Herzen auf. Würde er wirklich kommen, um sie zu retten? Würde er sein Leben für eine Frau riskieren, die er erst einen Tag lang kannte?

Natürlich. Er hatte ihr sein Wort gegeben, geschworen, sie zu beschützen. Nach nur einem Tag in seiner Gegenwart wusste sie, dass es seine Seele zerreißen würde, sein Wort zu brechen. Er war ein Mann von Ehre, und er würde sie retten.

„Falls ich unrecht habe – was ich bezweifle – dann wirst du gefesselt eine leicht unangenehme Nacht verbringen."

„Und am Morgen?" Sie frug nicht, ob er sie gehen lassen würde. Ihm gefiel die boshafte Neckerei.

LeMar beugte den Kopf in spöttischer Trauer. „Leider hast du gerade genug Geld eingezahlt, um die Schulden deines Bruders zu tilgen. Also braucht deine Familie mehr Rechnungen." Er wandte sich an den größten Biker, derjenige der ihn aufgefordert hatte zu warten. „Ich schlage einen Autounfall vor."

„Wie den mit dem Jungen?"

Sie waren diejenigen, die ihren Bruder Danny angefahren hatten?!? Schock und eiskalte Wut durchströmte Hannah.

„Nein, kein Unfall mit Fahrerflucht. Sie weiß zu viel. Wenn du meinst, ihr könntet ein Koma hinbekommen, das wäre prima." Als sie ihn vor Angst und Empören anstarrte, schüttelte LeMar mit dem Kopf. „Vergiss es. Zu riskant. Sie könnte sich erholen. Einfacherer, es tödlich enden zu lassen. Ich habe gehört, Beerdigungen sind auch teuer."

Zufrieden mit seinem Plan ging er zur Tür. Hannah war zu geschockt, um zu sprechen.

Einer der Biker räusperte sich. „Warte."

LeMar hielt inne. „Was ist *dein* Problem?", fauchte er.

„Wo gehst du hin?"

„Weg. Ich rechtfertige mich meinen Bediensteten gegenüber nicht."

Wahrhaft wölfisches Knurren kam von den lederbekleideten Männern. Zu ihrem Schreck verformten sich ihre Schatten zu richtigen Wölfen, hockend und wütend. LeMar war nicht eingeschüchtert. Er richtete sich auf und sein arroganter, gebieterischer Blick schweifte über sie. Darunter schrumpften die Biker und duckten ihre Köpfe.

Nur ihr Anführer wagte es zu sprechen. „Was sollen wir sechs dagegen machen, wenn ein Drache auftaucht?"

Sie konnte das Wort nicht wirklich gehört haben. Es war unmöglich. Aber ihre Kehle wurde trocken, als sie sich an die schuppige ‚Hand' des Schurken erinnerte.

LeMar zuckte mit den Schultern. „Versucht zu überleben? Ich würde vorschlagen, ihr lauft davon, das würde eure Chancen wahrscheinlich verbessern. Eure Entscheidung. Nicht mein Problem."

Haare wuchs aus den Händen der Männer. Hannah wurde schwindelig als ihre Gesichter länger wurden und von dunklem, zottigem Fell bedeckt wurden. Wütendes Knurren kam aus ihren weiten Brustkörben. Trotzdem, keiner der… Werwölfe? Traute sie sich wirklich dieses Wort zu benutzen?

Sie schluckte schwer. Ja, Werwölfe. So verrückt wie sich das auch anhörte, das waren sie. Ihr liefen wegen der Wahrheit dieses furchtbaren, verrückten Gedankens Schauern über den Rücken.

Und LeMar? Was war so furchterregend, dass es Werwölfe einschüchterte?

Der Rudelführer war der einzige, der sich nicht vollkommen unterwarf. Hannah empfand einen widerwilligen Respekt davor, wie er versuchte sein Rudel zu beschützen. „Warum bleibst du nicht bei uns? Zusammen können wir ihm trotzen."

LeMar seufzte und fing an, in einem Ton zu sprechen, den Erwachsene besonders einfältigen Kindern gegenüber benutzen. „Weil ihr entbehrlich seid und ich nicht."

Das brachte die Biker zum Knurren und Schnappen. Ihre muskulösen Gestalten schimmerten, verschwommen. Kleidung und Leder verschwanden und wurde durch zotteliges Fell ersetzt. Vor Hannahs erstaunten, verängstigten Augen erschienen sechs Wölfe, wo einen Moment zuvor Männer gestanden hatten. Alle heulten auf, ein Geheul voller Zorn, das durch die Scheune hallte.

Stephen LeMar entgegnete diesem Zorn mit seiner eigenen Wut. Licht explodierte um ihn herum als er seine Arme weit ausbreitete. Grüne Schuppen legten sich über ihn und er wuchs plötzlich, so dass er Hannah und seine Helfer überragte. Seine Finger verwandelten sich in tödliche Klauen, sein Kinn wurde länger und ein langer, sich schlängelnder Schwanz kam aus seinem Körper. In einem Augenblick war der gutaussehende Geschäftsmann verschwunden. Ersetzt von einem wütenden, rasenden Drachen, der drohte die Balken zu zerschmettern, die das Scheunendach stützten.

Nein. Kein Drache. Trotz ihrer Furcht hörte Hannah eine ruhige Stimme in ihrem Hinterkopf. Drachen hatten Flügel. LeMar hatte keine. Nur zwei Stellen mit Narbengewebe an seinen Schultern, wo Flügel hätten sein sollen.

Schock und Schrecken kam in ihr auf, übermannte sie fast. Nichts in ihrem schönen, normalen Leben hatte Hannah je auf so etwas vorbereitet. Und trotzdem fand sie im finstersten Augenblick eine ruhige Stärke. Angesichts eines Monsters aus Legenden, gab es einen Teil von ihr der brechen wollte. Aufgeben und weinend in die Tiefe ihres eigenen Verstands kriechen wollte. Sich vor der Gefahr und dem Chaos verstecken wollte.

Sie weigerte sich. Sie zwang sich die rasenden Kreaturen, denen es nach dem Blut der anderen gelüstete, anzusehen. Das waren nicht die Drogen. Das war echt. Wenn ihre sichere, bequeme Welt auseinanderfallen würde, sei's drum. Sie war stark genug, der Realität ins Gesicht zu gucken, wie furchtbar sie auch sein mochte.

Denn sie war nicht allein. Sie hatte ihn.

Brandon.

Was hatten sie ihn genannt? Einen Drachen? Und kein

verstümmelter Wurm wie LeMar, wenn ein Rudel Werwölfe Angst vor ihm hatte.

Brandon hatte geschworen, sie zu beschützen und sie vertraute ihm. Ihr Wächter würde zu ihr kommen. Er würde diese Männer zerstören, die es gewagt hatten, seinen Schützling zu entführen. Obwohl ihr Leben davon abhing, bezweifelte sie das nicht für einen Moment.

„WAS FÄLLT EUCH EIN?"

LeMars Schrei dröhnte und ließ das schockierte Rudel verstummen. „Hunde! Köter! Ihr wagt es, eure Zähne vor mir zu blecken? Ich sollte euch auf der Stelle zerreißen!"

So plötzlich die Konfrontation begonnen hatte, so schnell war sie zu Ende. Die Wölfe wimmerten und drehten ihre Schnauzen vom Wurm weg. Mit einem Flimmern verschwanden ihre wölfischen Gestalten. Sechs Männer knieten auf dem Boden, die Köpfe demütig vor ihrem Herrn gebeugt.

Der Anblick ließ Hannah erschaudern. Wie furchtbar musste dieser flügellose Drache sein, dass er Männer so stark und bedrohlich wie Werwölfe einschüchterte?

Vor Zorn fauchend behielt LeMar seine Drachengestalt noch einen Moment länger. Dann – stumm ihre Kapitulation annehmend – verwandelte er sich wieder in seine menschliche Form. Eine Hand strich eine Falte aus seinem Jackenärmel. „Vergesst euren Platz nicht", zischte er als er zum Ausgang ging. Er hielt in der Tür inne und schaute auf seine wimmernden, unterwürfigen Gefolgsleute zurück. „Und verzweifelt nicht. Ich habe euch eine Waffe hinterlassen. Benutzt sie."

Eine Waffe? Hannah erstarrte und rätselte. Was gab es in dieser zerfallenen, leeren Scheune, das einem Drachen schaden konnte?

Die Tür knallte hinter LeMar zu. Die Werwölfe standen

auf, wütend und machtlos. Einer sah wie sie ihn anstarrte und Zorn flammte in seinen Augen auf.

Hannah schaute auf den Boden, als ob er ihr Angst einjagte. Starren forderte Hunde heraus; konnte einen bösen zum Angriff verleiten. Sie vermutete, dass Werwölfe ähnlich waren. Es war besser, sich ‚unterwürfig‘ zu geben, wenn sie die Nacht überleben wollte.

Das zerstreute Stroh lag vor ihr – und sie schnappte nach Luft. Die Rune! Das war, was LeMar mit ‚Waffe‘ gemeint hatte! Er was das einzig, was in der Scheune fehl am Platz war. Aber wie konnte ein Zeichen gefährlich sein? War es… magisch? Sie wollte das Wort nicht benutzen, es schien verrückt, Magie ernst zu nehmen. Obwohl, war Magie unfassbarer als Werwölfe? Etwas was sie nun ohne Zweifel wusste, das es existierte. Wenn es auf der Welt Monster gab, warum dann nicht Magie? Was sonst könnte etwas so Mächtigem wie einem Drachen schaden?

Sie sank auf den Boden, zog die Füße unter sich, um eine Art Kissen als Schutz vor dem kalten, harten Boden zu haben. Dann lehnte sie sich zurück und wartete, ihr Wissen geheim haltend.

Stunden vergingen. Die Werwölfe gingen hin und her, ängstlich und gereizt. Manchmal kam einer einem andern Rudelmitglied zu nahe und eine wilde Kabbelei brach aus. Schläge, Bisse, Zähnefletschen, bis das Alpha sie wieder unter Kontrolle hatte. Hannah blieb stumm. Keine Tränen oder Wörter, um sie auf sich aufmerksam zu machen. Einmal verkrampfte sich ihr Bein und sie musste ihr Gewicht verlagern. Sogar diese winzige Bewegung erboste einen Wolf, der zwei Schritte auf sie zuging bevor das Alpha ihn wegschupste.

Zum Schluss hörte die Warterei ohne Warnung auf. Gewaltsam und plötzlich.

Mit einem bebenden Knall landete etwas Riesiges auf dem Boden direkt außerhalb. Die Scheune schwankte von dem Aufprall und eine Staubwolke rieselte von den Balken. Bevor die Wölfe aufheulen konnten, zerriss eine riesige Klaue die Holzwand und zerstörte die Tür mit einem heftigen Schlag.

Dort, in der zerstörten Tür, stand ein Drache. Schuppen so schwarz wie eine sternenlose Nacht glitzerten im Lampenlicht. Flügel, schwarz wie Ebenholz, geschmeidig und kraftvoll, ragten aus seinem Rücken. Dies war ein echter *Drache*, nicht ein verkrüppelter Wurm wie LeMar.

War es Brandon? Ihr Beschützer?

Ja. Seine Augen verrieten ihn. ‚Augen sind die Fenster zur Seele', hatte ihre Oma immer gesagt. Und Brandons blaue Augen schienen aus dem Gesicht des Drachens. Erleuchtet von einem inneren magischen Feuer, aber sie würde diese Augen überall erkennen – und ihnen vertrauen!

Die Werwölfe heulten auf und ließen sich auf alle Viere fallen. Der Schwanz des Drachens schlug um sich und schmiss drei von ihnen durch die dünne Wand der Scheune. Als sie schwankend wimmernd aufstanden, griff ein tapferer Werwolf den Drachen direkt an. Brandons Klaue ergriff ihn als er sich näherte und warf ihn in die Balken. Er prallte ab und fiel bewegungslos zu Boden.

Als sie das sahen, guckten die drei geschlagenen Wölfe einander an, drehten sich um und rannten, vor Angst heulend, in die Dunkelheit. Ihr letztes Rudelmitglied rannte ihnen jaulend hinterher. Der Drache fletschte vor Verachtung die Zähne aber ließ ihn entkommen.

Das ließ nur das Alphatier übrig. Er allein war nicht eingeschüchtert, selbst nicht von einem Drachen. Noch in seiner menschlichen Form ging er zurück und stand vor Hannah.

Er ging vorsichtig um die versteckte Rune.

Der Drache machte sich zum Sprung bereit. Der Werwolf lehnte sich nach vorne, verlagerte sein Gewicht und bereitete sich darauf vor, auszuweichen.

Als er das tat, schwang Hannah beide Füße vom Boden und trat ihn wie ein Esel mit all ihrer Kraft.

Es war fast nicht genug. Der Rudelanführer schwankte nur leicht. Diese winzige Bewegung bewegte seinen Fuß aber ein bisschen. Weit genug, um die versteckte Rune zu berühren.

Ein schriller, elektrischer ‚Knall‘ ertönte. Licht erstrahlte gen Himmel und hüllte den Wolf in ein merkwürdig grünes Licht. Er zuckte, tanzte verrückt wie ein Mann der eine unter Spannung stehende Leitung berührt hatte. Dann verschwand er und hinterließ nur einen Geruch von Ozon und verbranntem Fell.

Hannah starrte, sprachlos über die Zerstörung, die sie ausgelöst hatte. Sie hatte… jemanden getötet. Einen Mann. Einen Wolf. Einen Werwolf. Einen…

Eine Gestalt flog auf sie zu.

Brandon.

Ihr Brandon, nicht der fürchterlich prächtige Drache seiner Seele. Ihr wilder, menschlicher Beschützer.

Er zog sie an sich. Starke, muskulöse, männliche Arme schlangen sich um sie und versprachen ihr wortlos, dass der Alptraum vorbei sei. Er war hier. Er würde sie schützen, mit seinem Leben, wenn notwendig.

„Geht es dir gut?“, fragte er sie, mit einer sorgenvollen Stimme, die ihr Herz schneller schlagen ließ. „Ich bin so schnell wie möglich gekommen.“

„Mir geht’s gut. Ich bin aber gefesselt.“ Sie sah sich nach

dem Schlüssel um – und hoffte, dass er nicht in der Hosentasche des Alphas gewesen war.

Brandon löste das Problem. Er griff hinter sie (und zog sie dabei näher an sich heran…) und zerbrach die Metallkette wie einen Zweig. Dann, vorsichtiger, steckte er seinen Daumen durch das Metall der Handschellen und bog es auf. Befreite ihre wunden Handgelenke von der Gefangenschaft.

Ihre Kinnlade fiel runter. Wie konnte er Handschellen so einfach auseinanderreißen?!?

Naja, er *war* ein Drache. Sie schluckte. Es würde eine Weile dauern, bis sie dich daran gewöhnt hatte…

Später. Sie würde ein anders Mal darüber nachdenken. Jetzt lehnte sie sich einfach an ihn. Kuschelte sich an seine Schulter. Fühlte seine Wärme, den Schlag seines treuen, tapferen Herzens an ihrer Wange.

Sie wusste, dass die Welt nie mehr dieselbe sein würde.

Hannah war das egal.

Diese ‚neue‘ Welt beinhaltete ihn. Ihren kühnen, majestätischen Beschützer.

Das allein machte es eintausend Mal besser als ihr altes, bequemes Leben.

KAPITEL 8

Als sie einander in den Armen lagen, konnte Brandon fühlen, wie sich sein Drache zurückzog. Der Zorn der ihn erfüllt hatte – angetrieben hatte, als er um Hannahs Leben gefürchtet hatte – verflüchtigte sich langsam. Er hatte sie wieder. Diese Frau. Seine Seelenverwandte. Sie war sicher. Und die seine.

Natürlich war der Kampf noch nicht vorbei. Seine Feinde waren lediglich vertrieben, nicht besiegt. Dieser Kampf konnte aber warten. Was wichtig war, war *sie*. Der süße, weibliche Duft ihrer Haare. Die Kurven ihres Körpers, eng an ihn gedrückt. Genauso wie ihre Körper in seinem Traum verschmolzen waren.

„Es tut mir leid." Wörter die ihm nur selten über die Lippen kamen, fielen ihm jetzt leichter. „Ich habe zu lange gebraucht, um hierher zu fliegen."

„Du bist geflogen?" Sie sah zu ihm hinauf, die Lippen vor Verwirrung zusammengekniffen. Er sehnte sich so sehr danach, seine darauf zu drücken.

„Ja."

„Es gibt keinen Flughafen in der Nähe. Bist du… oh!"

Ihre Augen weiteten sich vor Überraschung, reizend und unschuldig. Brandon nickte. „Ich bin ein Drache. Ich habe Flügel."

Er war leicht beunruhigt bei dem Geständnis. Könnte sie das akzeptieren? Würde sie vor ihm zurückschrecken? Er hoffte nicht. Angst in ihrem Gesicht zu sehen – Angst vor *ihm* – würde seiner Seele wehtun.

Er hätte sich keine Sorgen machen müssen. Sein Geständnis verwirrte sie nur noch mehr. „Wie können Leute einen Drachen, der über der I-87 Autobahn fliegt, nicht bemerken?

„Menschen sehen, was sie sehen wollen – und ignorieren Dinge, die keinen Sinn machen. Naja, das ist nicht ganz fair. Die meisten Menschen *können* uns nicht ganz sehen. Sie sehen… etwas was sie nicht verstehen können. Also erfinden sie ‚plausible' Geschichten. Ich nehme an, dass morgen in den Zeitungen etwas von UFOs entlang des Hudson stehen wird", fügte es schuldbewusst hinzu.

Hannah lachte. Er sah wie die Angst und Anspannung aus ihrem Gesicht wich, als sie sich an ihn lehnte, mit dem Bewusstsein, dass sie in seinen Armen sicher war. Drachen schnurrten nicht, aber ein tiefes, zufriedenes Grollen kam aus seiner Brust. *Das* war, wofür seine Art gemacht war. Die Schwachen und diejenigen die sie liebten zu beschützen.

‚Liebten'. Da war dieses Wort wieder. Zum zehnten Mal heute, ermahnte sich Brandon, dass er eine Frau nicht lieben konnte, sobald er sie traf. Was sie in der Nacht miteinander ‚geteilt' hatten, war nichts gewesen. Nur ein Traum. Egal was Amarie glaubte, das Ritual der Seelen war ein Mythos. Ihre Verbindung – eine Vereinigung die ihn bis ins tiefste seiner Seele bewegt hatte – war eine Illusion. Es war nicht wirklich passiert.

In Gedanken versunken konnte er fühlten, wie sich seine

Liebste bewegte. Er ließ sie los und genoss den leichten Schmerz in seinem Herz.

„Warum sehe ich…" Sie deutete mit ihrer Hand auf die Scheune.

„Formwandler. Das ist das Wort für unsere Art. Ich denke, du kannst uns sehen, weil du eine Verwandte bist. Das bedeutet, dass einer deiner Vorfahren ein Formwandler war. Du verwandelst dich nicht, aber du kannst diejenigen sehen, die es tun."

„Und das?" Hannah wurde ernst, als sie auf die Stelle zeigte, wo die Rune gewesen war. Nichts war davon übrig, bis auf einen dünnen, öligen Dunst. „Was war das?"

„Hm. Soll ich dir die lange, technische Erklärung geben? Oder soll ich einfach sagen, dass es magisch ist?"

„Lass uns bei ‚magisch' bleiben. Der heutige Tag war merkwürdig genug." Sie lächelte, aber es war nur schwaches Lächeln, das sofort wieder verschwand. „Ich habe ihn getötet, oder? Diesen Werwolf."

„Ja." Normalerweise würde er diese Köter nicht mit dem Namen ‚Wolf' beehren. Sie waren verwildert, Streuner, die von ihrem eigenen Rudel verstoßen worden waren. Sie hatten die Ehre eines echten Wolfs verloren, ihre wilde Unabhängigkeit, als sie einem Monster wie LeMar Treue geschworen hatten. Am besten würde er Hannah aber mit diesem Detail nicht verwirren. Sie hatte recht. Die Vorfälle der letzten vierundzwanzig Stunden hatten alles zerstört, was sie über die Welt zu wissen geglaubt hatte.

Sie schwankte, stumm, darüber nachdenkend, was sie getan hatte. Er strich ihr sanft Haare aus dem Gesicht. „Ich hoffe, du kannst damit leben. Dein Handeln hat mir das Leben gerettet." Tod und Aufopferung waren leicht für ihn; er war ein Krieger. Er fragte sich ob sie die grausame Realität von Krieg akzeptieren könnte? Oder würde die Schuld ihre Seele zerstören?

Hannah atmete tief ein und nickte kurz. „Das ist alles, was zählt."

Ihre Worte erfreuten ihn. Sie mochte kein Formwandler wie er sein, aber sie hatte eine kämpferische Seele. Ein Verlangen stieg in ihm auf und ein Bedürfnis, sie wieder an sich zu ziehen, fast zu stark um zu widerstehen. Sein Drache sah zustimmend auf sie herab. Er versicherte ihm, dass Hannah Stiles, stark und rein, eine passende Seelenverwandte für einen Drachen war. Wenn der Traum echt gewesen wäre…

…aber das war er nicht, tadelte er sich selbst. Besitzergreifung gab es nicht mehr. Sie war verschwunden, als die Quellen in dieser Welt versiegt waren.

„Was nun?"

Erneut drang ihre Stimme durch sein Sinnen. „Nun werde ich dich und deine Familie in Sicherheit bringen. Danach, werde ich mich um diese Situation kümmern."

„Nein."

Was meinte sie mit ‚nein'? Er blinzelte, leicht beleidigt. Er war Brandon Lorde. Alpha der Ersten Gruppe. Nachkomme von Emrys, dem Urdrachen, der größte aller Wandler! Leute wiesen ihn *nicht* einfach zurück!

Außer Hannah. „Wir können den Hof nicht einfach verlassen. Es gibt Tiere, die von uns abhängen. Sie würden sterben, wenn wir uns nicht um sie kümmern. Und ehrlich? Glaubst du, dass ich einfach weggehe und dir das alles überlasse? Nein! Ich helfe. Wir machen das zusammen."

Ihr beschützender Instinkt erfüllte ihn mit Stolz. Wie aufsässig sie war! Selbst ein winziger Drache. Aber ihre Treue war gefährlich, und töricht. „Diese Feinde kannst du nicht bekämpfen."

„Das weiß ich." Sie traf seinen Blick ruhig, ungerührt von seiner Warnung. „Ich habe LeMar gesehen. Und dich. Ich hätte keine Chance gegen einen von euch beiden."

„Weshalb ich dich an einen sicheren Ort bringen muss."

„Nein."

Noch eine Weigerung! Bevor er es verhindern konnte, schaute er sie böse an und der Ärger des Drachen ließ den Blick zu einem stummen Befehl werden.

Den sie komplett ignorierte. „Ich habe nicht vor, jemanden zu bekämpfen. Aber ich lasse dich nicht alleine. Ich kann dir dabei helfen, das zu tun, was getan werden muss."

„Hannah…" Warum konnte sie nicht einfach das machen, was er befahl?

Weil sie wirklich seine Seelenverwandte war, begriff er. Ihre Seele brannte so hell wie seine eigene.

Diese Erkenntnis ließ seine Gedanken wieder schweifen. Eine Partnerin zu haben, deren Leidenschaft und Stärke seiner eigenen gleichkam. Wie wäre das? Welche Freuden, welche Liebe, könnten sie zusammen finden?

„Also, wir sind uns einig?"

Brandon seufzte. Verdammt, er musste sich konzentrieren. Dieser törichte Traum hatte seinen Kopf mit hoffnungslosem Verlangen erfüllt. Etwas, was er sich im Moment nicht leisten konnte. Wenn die Fänge von Apophis wirklich in Beverly waren, waren ihre Leben in Gefahr. Jegliche Ablenkung könnte tödlich sein.

Mit Armen vor der Brust verschränkt wartete Hannah auf seine Antwort. „Ja… für den Moment", sagte er.

„Gut." Sie schluckte, immer noch damit ringend, ihre neue, verrückte Welt zu verstehen. „Noch eine Frage. Naja, zwei. Wer ist dieser LeMar Typ und warum will er so unbedingt den Hof meiner Familie haben?"

Wie konnte er zweihundert Jahre Betrug und Verrat kurz zusammenfassen? „Ich kenne diesen ‚LeMar' nicht persönlich. Aber dieses Zeichen auf seinem Manschettenknopf, das du beschrieben hast, ist das Zeichen der Fänge von Apophis. Die Ägypter glaubten an eine dämonische Schlange, die sie Apep nannten. Apophis auf Griechisch. Sie war der Fresser von Seelen. Sie wollte die Sonne zerstören, um alles Leben auf Erden zu beenden."

Ihre Kinnlade fiel vor Schreck und Entsetzten herunter. „Ist sie echt?"

„Nein!" Er stoppte sich, bevor ihm ein Lachen entwischen konnte. Es war nicht wirklich eine alberne Frage. Wenn Kreaturen wie er existierten, warum dann nicht ein Sonnenessender Schlangengott? „Apophis ist ein Mythos. Ein paar sehr echte Monster – gefallende Drachen – haben sie jedoch zu ihrem Symbol gemacht. Die Fänge von Apophis, wie sie sich selbst nennen, widmen sich der Gier und Genusssucht."

„Okay", Hannah runzelte die Stirn. „Ich verstehe aber immer noch nicht, warum diese Fänge mein Zuhause wollen. Man geht nicht auf einen Bauernhof, um sich irgendetwas zu gönnen, außer harte Arbeit."

„LeMars Motivation ist mir bisher noch unklar", gab er zu. „Wir wissen jedoch zwei Sachen, die Licht darauf werfen könnten. Erstens, die Münze die du zu mir gebracht hast, war Blutgold. Es ist ein Zeichen, das wir Drachen Menschen geben, die unser Leben gerettet haben. Ein Zeichen einer unbezahlten Schuld, die jeder ehrbare Drache zurückzahlen muss. Zweitens, dein Hof liegt in *Beverwyck*, wie die holländischen Siedler diesen Teil des Staates genannt haben. Vor dreihundert Jahren gab es eine grüne Quelle in *Beverwyck*."

Er sah ihre Verwirrung und seufzte. Noch mehr komplexe Dinge, die er schnell erklären musste! „Quellen sind… wie kann ich das sagen? Orte an denen der Schleier zwischen den Welten dünn ist. Portale, die Magie in dieses Reich leiten. Grüne Quellen, wie *Beverwycks*, waren für ihre heilenden Kräfte berühmt. Sie sind jetzt verschwunden. Alle

Quellen. Sie sind vor mehr als einem Jahrhundert verschwunden."

Und damit auch Seelenverwandte und das Ritual der Seelen, egal was er für Träume hatte. Wodurch Drachen nichts mehr zu beschützen hatten. Sie verwesten, fielen, durch die Leere, die es in ihren Seelen hinterließ.

„Warum sind sie verschwunden?"

„Das weiß niemand. Die Welt hat sich verändert. Ist kälter geworden, wissenschaftlicher. Weniger magisch."

Sie nahm diese neuen Informationen so hin und löste das Rätsel schnell. „Du glaubst also, dass es eine Quelle auf unserem Gut gibt. Einer meiner Vorfahren hat dort vielleicht einen Drachen geheilt und er hat ihm die Münze gegeben."

„Genau. Ich weiß nicht, warum LeMar sich dafür interessieren würde. Wie ich sagte, die Quellen sind heutzutage versiegt. Es scheint jedoch die einzige Verbindung zwischen Drachen und deinem Gut zu sein."

Hannah kräuselte die Lippen. Ein attraktiver Anblick, der er für einen Moment genoss. „Wo ist diese Quelle?"

„Das weiß ich nicht." Er schnaubte. „Ich bin ausgewachsen, aber nicht *so* alt! Gibt es in deiner Familie irgendwelche Geschichten über eine heilende Quelle in der Nähe?"

Sie schüttelte den Kopf, dann leuchteten ihre Augen auf. „Es gibt eine Menge uralter Karten auf unserem Dachboden. Manche davon sind aus den holländischen Zeiten. Ich bin mir ziemlich sicher, dass wir noch eine Karte vom ersten Landvermesser haben. Vielleicht finden wir darin irgendetwas?"

„Gute Idee!" Er fing langsam an, ihr Angebot zu helfen zu akzeptieren. „Dann lass uns zu dir nach Hause gehen."

Als sie durch die zerstörte Tür gingen, guckte sich Hannah um. „Wow. Ich kann gar keine Straße sehen. Wo sind wir?"

Brandon zuckte mit den Schultern. „Keine Ahnung."

„Wie hast du diese Scheune gefunden, wenn du nicht weißt, wo wir sind?"

„Habe ich nicht. Ich habe *dich* gefunden." Er richtete sich zu seiner vollen Größe auf und verbeugte sich vor ihr. „Hannah Stiles, ich habe die Ehre angenommen, die Blutschuld deiner Familie gegenüber zurückzubezahlen. Ich schütze dich jetzt. Ich werde immer wissen, wo du bist. Ich werde immer wissen, wenn du dich in Gefahr befindest. Und ich werde dich immer beschützen."

Sie schwankte, entzückt von dieser merkwürdigen, formellen Geste. Ihre vollen Lippen öffneten sich. Wunder und Freude breiteten sich auf ihrem Gesicht aus. Wunder, Freude, und…

Verlangen. Er konnte es in ihren Augen glitzern sehen. Eine Leidenschaft, ein Feuer so heftig wie sein eigenes.

Verflucht sei dieser alberne Traum! Wen interessierte es, ob dessen Versprechen von lebenslangem Glück leer war? Auch wenn die Zukunft ihnen versperrt bleiben sollte, konnten sie diesen Moment genießen. Er trat auf sie zu, bereit dazu, ihren Körper zu genießen und ihr seinen anzubieten. Ihr Gesicht beugte sich zu seinem, sie streckte ihre Arme nach ihm aus…

Und ein Luftzug, schwer mit dem Geruch von Rattenkot, kam aus der Scheune geweht. Der widerliche Geruch zerstörte sofort das Feuer seiner Leidenschaft.

„Igitt!" Er drehte sich um, um seine Enttäuschung und seinen Frust zu verbergen. „Wir müssen von hier weg."

„Ja." Sie hörte sich genauso enttäuscht an wie er. „Aber wie? Wir wissen nicht, wo wir sind."

„Hannah, vertraust du mir?"

„Natürlich!"

„Dann werde ich uns fliegen, wenn du es erlaubst. Wenn wir in der Luft sind, werde ich schnell deinen Hof finden können."

Mit strahlenden Augen legte sie sich die Hände über den Mund, um ein Kichern zu unterdrücken. „Natürlich ‚erlaube‘ ich das! Wie kann ich einen Ritt auf einem Drachen ablehnen?"

Brandon lächelte, aber er stimmte nicht in ihr Lachen ein. Hannah wusste nicht, was für ein Vertrauensakt das war. Sie legte buchstäblich ihr Leben in seine Hände. Nachdem sie in der Luft waren, würde nur seine Stärke zwischen ihr und einem langen, tödlichen Fall liegen.

„Aber wie wirst du mein Zuhause finden können? Kannst du es genauso spüren, wie du mich spüren kannst?"

„Nein. Ich habe mir Google Maps angeguckt, nachdem du gefahren bist." Jetzt kicherte sie doch und er schämte sich leicht. „Weißt du, ich bin nicht komplett mittelalterlich."

„Na gut, mein Ach-So-Moderner Drache, auf nach Hause! Warte!"

Er zögerte und hielt seine Drachenseele noch einen Moment im Zaum.

„Meine Eltern müssen auch Verwandte sein, oder? Also werden sie dich sehen können?"

Er nickte.

„Wenn sie einen Drachen sehen, werden sie denken, sie schnappen über…"

Brandon wartete geduldig und ließ ihr Zeit, eine Entscheidung zu treffen.

Letztendlich zuckte sie mit den Schultern. „Lass es uns trotzdem machen. Sie werden mir nie glauben, außer wenn sie dich sehen. Außerdem", fügte sie hinzu, als er es zuließ, dass die Kraft seine feurige Seele ihn erfüllte, „gebe ich meinen Drachenflug für niemanden auf!"

KAPITEL 9

Sogar Stunden später, in der staubigen Sicherheit ihres Dachbodens, schwoll ihr Herz vor Freude.

Sie war geflogen! *Geflogen!*

Klauen – scharf und furchtbar genug, um ein LKW zu zerreißen – hatten sich sanft um sie gelegt. Brandons Präzision war so perfekt, so meisterhaft. Noch nicht mal ein Kniff, der sie hätte verunsichern können. Mit einem kraftvollen Sprung war er in die Luft gestiegen und hatte sie mit starken, unbeirrten Schlägen davongetragen.

Ja, sie hatte sich im ersten Moment ein bisschen gefürchtet. Als sie die Häuser so weit unter sich gesehen hatte. Sie wusste, dass sie sterben könnte, wenn er einen Fehler machen würde. Aber sie vertraute ihm. Seiner Stärke. Seiner völligen Selbstkontrolle. Er würde nie zulassen, dass ihr etwas widerfuhr.

Damit war der kurze Moment vergangen und sie hatte sich vollkommen der Freude des Drachenflugs hingegeben. Dem Gefühl von Wind um sie herum. Dem Schlagen seiner Flügel. Dem Auf- und Niedersteigen als Böen sie erfassten.

Nichts hatte sie darauf vorbereitet. Nichts in ihrem

Leben war so wundervoll, so voller Freude gewesen.

Naja, nichts außer... dem Traum.

Hannah warf einen Blick auf Brandon, über die alten Landvermessungskarten gebeugt. Sollte sie ihm davon erzählen? Wie sehr sie sich nach ihm sehnte? Ihn brauchte?

Die Erinnerung an diese Leidenschaft erweckte einen Hunger in ihr, den sie kaum ignorieren konnte. Was für eine lächerliche Idee! Sie könnte ihm nie erzählen, dass sie geträumt hatte, er hätte sie in einer moosigen Lichtung genommen. Von ihrem Körper, ihrer Seele, Besitz ergriffen.

Außerdem war er ein Drache. Ein Formwandler. Was für ein Interesse könnte er nur an einer Normalsterblichen wie ihr haben? Sogar als sie dachte er wäre ‚nur‘ ein New York City Millionär hatte sie nicht zu hoffen gewagt, dass er sie lieben könnte. Und jetzt? Es war hoffnungslos. Ein Drache könnte nie ein einfaches Bauernmädchen wie sie lieben.

Oder... könnte er das? Brandon nannte sie ‚Verwandte‘. Das bedeutete, dass ein Wandler irgendwann einmal eine ihrer Vorfahrinnen geliebt hatte. Wenn diese unbekannte Großmutter so ein Glück gehabt hatte, warum dann nicht auch sie?

Mit einem geheimen Lächeln verbarg sie diese Hoffnung in ihrem Herzen. Sie hatte schon einmal geträumt. Sie konnte jetzt von noch mehr träumen.

Ein Klappern kam von unten aus der Küche. Ihre Mutter kochte. Ihre Eltern hatten die Tatsache, dass ein Drache in ihrem Garten gelandet war so gut hingenommen, wie man es erwarten konnte. Sie waren verblüfft, beängstigt, betäubt vor Schreck. Letztendlich konnten sie aber nicht das bezweifeln, was sie mit eigenen Augen gesehen hatten. Sie waren, ebenso wie Hannah, Verwandte. Gewollte Unwissenheit schütze sie nicht vor der Wahrheit. Mama hatte Brandon letztendlich zum Abendessen eingeladen, ein regelrecht gastfreundliches Angebot, fand Hannah. Papa hatte sogar angeboten, er könnte eine der Ziegen essen, wenn er das müsste. Brandon hatte nein gesagt und ihm versichert, dass ein Schmorbraten ganz prima wäre.

„Worüber lächelst du?"

Sie schaute auf und sah wie er sie anguckte, nicht die Karten. „Papa. Und die Ziege."

„Ein... ungewöhnliches Angebot." Ein leichtes Lächeln zog an seinen Mundwinkeln. „Großzügig, wenn auch unnötig."

„Ich war froh, das zu hören. Ich mag unsere Milchziegen ziemlich. Wenn du sie hättest... he! Whiskey ist kein holländisches Wort, oder?"

„Nein. Es ist gälisch."

„Warum steht es dann auf dieser alten holländischen Karte?"

Brandon kam um den Tisch herum und guckte ihr über die Schulter. Ihr Körper rührte sich, wurde lebendig, sich schmerzhaft bewusst über seine heiße, männliche Gegenwart, nah an ihr. „Es ist, ähm, hier. In dem Wald nördlich von hier", brachte sie heraus.

„Whiskey ist die Abkürzung für ‚Lebenswasser'."

Genau wie die grüne Quelle, die er beschrieben hatte!

„Wir haben sie gefunden!" Hannah jubelte vor Freude, drehte sich um und schlang ihre Arme um seinen Hals.

Sie erstarrte sofort. Um Himmels willen, was machte sie da?!? Sie kannte diesen Mann kaum! Von den falschen Erinnerungen an diesen wunderschönen, leidenschaftlichen Traum getäuscht, behandelte sie ihn wie ihren Geliebten – nicht einen freundlichen Gönner.

Sie fing an, sich von ihm zu lösen, aber er nahm ihre Arme und zog sie wieder an sich heran. So nah an sich gedrückt, fühlte sie wie seine Männlichkeit erwachte.

Offensichtlich war sie mit ihrem Verlangen nicht alleine.

„Entschuldigung, ich hätte…"

„Sei ruhig", befahl er. Um sicherzustellen, dass sie ihm diesmal gehorchte, küsste er sie. Auf ihre Lippen, ihre Wangen, ihren Hals. Er erkundete sie, so wie in dem Traum. Eine Hand schob sich unter ihr Hemd. Ein starker Finger rutsche in ihren BH, umkreiste neckend ihre Brustwarze und ihr Körper erwachte bei seiner Berührung. Antwortete auf sein starkes, männliches Bedürfnis mit ihrer eigenen Sehnsucht. Eine Energie brannte in ihm, das heftige Verlangen seiner Drachenseele. Hannah glaubte es könnte sie verzehren, so heftig war seine Begierde.

Unten schlug eine Tür auf. „Hannah?", rief ihr Vater.

Sie und Brandon zuckten beide zusammen. Für einen Moment glühten seine Augen, beleidigt von der Unterbrechung. Sein Drache konnte nicht dulden, dass sie ihm versagt blieb. Aber Brandon war der Herr seiner eigenen Seele, ein Alpha. Er würde es nie zulassen, dass der Zorn seines Drachens ihn überwältigte.

„Ja?", rief sie zurück und bemühte sich sehr, nicht schuldig zu klingen. Mehr wegen ihrer Nerven als wirklicher Notwendigkeit, strich sie ihre Kleidung zurecht.

„Dannys Krankenschwester hat sich krankgemeldet. Könntest du mir mit seiner Bettwäsche helfen?"

„Ähm, ja natürlich."

„Danke." Er stiefelte davon und ließ die Tür offen.

Eine frustrierte Stille folgte. Erneut erstarben die auflodernden Flammen von Romantik.

„Es tut mir leid", flüsterte sie.

Seine breite, starke Hand strich ihr sanft über die Wange. „Du hast nichts gemacht, was eine Entschuldigung erfordern würde, meine Dame."

Hannah lächelte über dieses altmodische Wort. Und wünschte, ihm glauben zu können.

KAPITEL 10

ie Mahlzeit war unangenehm steif und förmlich.
Mama setzte sich kaum hin. Sie lief herum,
bediente jeden, rannte in die Küche, um nach einem Nach-
tisch zu gucken, der sofortige Aufmerksamkeit zu erfordern
schien. Hannah vermutete, dass sie sich verstecken wollte,
um den merkwürdigen Gast zu vermeiden. Sie servierte
Brandon sein Essen umständlich, um den Arm des Drachens
nicht berühren zu müssen.

Papa was nicht viel besser. Essen lag unbeachtet auf
seinem Teller und er klammerte sich an seine Gabel. Er war
merkwürdig angespannt als befürchtete er, er müsse jeden
Moment seine Familie verteidigen. Jedes Mal, wenn er mit
Brandon Blickkontakt herstellte, wurde ihm bewusst, wie
albern er sich benahm. Er schrak auf, guckte weg, schaufelte
eine Riesenportion in seinen Mund und kaute heftig. Aber
sobald der Drache woanders hinguckte, verlor er wieder
Interesse an seiner Mahlzeit und war erneut seltsam
wachsam.

Trotzdem fand Hannah, dass es nicht zu schlecht lief. Ihre
Eltern hatten an dem Tag viel durchgemacht. Es gab weniges,

das verrückter war, als zu erfahren, dass Drachen echt waren… und ihre Tochter hatte einen zum Essen mit nach Hause gebracht. Und ihre arme Mama hatte noch nicht mal gesehen, wie Brandon sich verwandelt hatte. Wie sollte sie glauben, dass er mehr als nur menschlich war? Also vergab sie deren tollpatschigen Versuchen, höflich zu sein und versuchte die Unterhaltung in Gang zu bringen.

Danny war ihr Helfer. Er lag im Bett, wodurch er ihre Ankunft verpasst hatte und hielt ihren Gast somit für nichts weiter als einen reichen Geschäftsmann. Unbelastet von dem Wissen über seine Drachenseele, sah Danny was Sterbliche sahen: einen reichen, gutaussehenden Mann, der Macht und Autorität ausstrahlte. Da er ebenfalls ein Verwandter war, konnte es sein, dass er noch mehr spürte. Wenn ja, zeigte er es nicht.

Stattdessen stellte er eine Reihe von Fragen. Mochte Brandon Football? Ging er zu Giants Spielen oder war er ein Jets Fan? Was war das beste Restaurant in NYC? Wieviel kostete eine echte Rolex? Was war der teuerste Wein, den er je getrunken hatte?

Ihr Gast beantwortete die Fragen mit Leichtigkeit, mit einer Freundlichkeit, über die sie zärtlich lächeln musste. Sie machte sich so viele Sorgen. Er war ein Drache. Eine Kreatur aus Mythen und Legenden. Ein Millionär, der die besten Weine trank und das köstlichste Essen verzehrte, das die Menschheit produzieren konnte. Was würde er über sie, über ihre Familie denken? Sie mussten jemandem wie ihm wie Hinterwäldler vorkommen. Langweilige Bauerntölpel mit hirnlosem Geplauder.

Ein herzlicher, männlicher Lacher ließ diese Sorgenblase zerplatzen. Danny hatte gerade irgendeine Geschichte erzählt. Hannah hatte sie verpasst, gefangen in ihren Ängsten. Aber offensichtlich hatte sie Brandon gefallen.

Er verachtete sie nicht. Er passte zu ihrer Familie, mit

einer Leichtigkeit die ihr Herz erwärmte. Naja, der Anzug war ein bisschen viel. Er schüchterte ihre Eltern beide ein. Brandon sah aus wie... naja, wie ein Drache, der zwischen einem Schwarm Holztauben saß. Wenn man ihn in ein Flanellhemd und Jeans stecken würde, könnte er einer von ihnen sein. Und er war rücksichtsvoll. Manche starrten auf Dannys Rollstuhl und Narben. Nicht Brandon. Er blinzelte nie, selbst dann nicht als Mama ihren Sohn füttern musste, weil er die Gabel nicht stillhalten konnte.

Das hatten sie LeMar zu verdanken. Ein Hauch von Zorn, klein aber heftig, flammte in ihr auf. Dafür würde er zahlen. Für die Schmerzen, die er ihrer Familie zugefügt hatte. Sie konnte ihn vielleicht nicht in einem Kampf besiegen, so wie es Brandon konnte. (Sie war sich sicher, dass der flügellose Wurm in einem fairen Kampf keine Chance gegen ihren majestätischen Drachen hätte.) Aber sie würde herausfinden, was LeMar wollte und sicherstellen, dass er es *auf keinen Fall* bekommen würde!

Brandon sah aus dem Fenster in die dunkle Nacht. Als er sich wegdrehte, sah Danny Hannah an und hielt die Daumen nach oben. So als ob er dachte, seine Schwester hätte einen richtig tollen Freund gefunden. Sie funkelte ihn an... und ließ dann ganz schnell diesen Blick aus ihrem Gesicht verschwinden, als ihr Gast sich wieder dem Tisch zuwandte. Danny grinste.

„Die Sonne geht um diese Jahreszeit früh unter", seufzte er. „Ich schlage vor, wir gucken morgen früh nach dieser Quelle."

Sie nickte und er stand auf. „Frau Stiles, gibt es ein Hotel in der Nähe, das sie empfehlen können?"

Natürlich wollte ihre Mutter nichts davon hören. Kein Gast von ihr würde in einem Motel übernachten! So viel Geld verschwenden? Nein! Es dauerte nur fünf Minuten, um die Bettwäsche im Gästezimmer zu wechseln und dann stimmte Brandon zu, die Nacht dort zu verbringen.

Der Gedanke an ihn, so nah und doch unberührbar, entfachte ein Verlangen in Hannah. Etwas, was sie noch nie für einen Mann oder Jungen gefühlt hatte. Als sie später in ihr eigenes Zimmer ging, hoffte sie sehr auf einen weiteren Traum. Auch wenn sie ihn in der Realität nicht besitzen konnte, würden ihre nächtlichen Fantasien diesen Schmerz, dieses Verlangen das sie erfüllte, ein wenig lindern.

Leider kam es nicht so. Ihre Nacht verging mit traumlosem Schlaf. Als die Sonne über die östlichen Hügel guckte, erwachte sie. Ausgeruht – und frustriert. Das Frühstück war eine fröhliche Affäre. Brandon verschlang Stapel von Pfannkuchen und war begeistert von dem Ahornsirup, der von Bäumen auf dem Gut kam. Hannah schob ihr Essen überwiegend auf ihrem Teller umher. Mama nahm das kaum wahr. Sie war so von Brandons gieriger Begeisterung für ihr Essen entzückt.

Danach gingen die beiden in den Wald, einen Kompass in der Hand. Sie stiegen durch dicke orangene Blätter, die von einem Sturm von den Bäumen geweht worden waren.

„Also, du weißt nichts über diese ‚Whiskey Quelle'?", fragte er sie.

Sie schüttelte mit dem Kopf. „Ich bin als Kind oft in diesen Wäldern umhergelaufen aber habe nie eine Quelle gefunden."

„Dann ist sie wahrscheinlich ausgetrocknet."

Der Gedanke an eine verwunschene Quelle entzückte sie. Wieso schien er so kühl, fast desinteressiert?

Nein, nicht desinteressiert, begriff sie. Hoffnungslos. Was auch immer diese Quellen waren, sie bedeuteten den Drachen offensichtlich viel. Ausgetrocknete Quellen waren ungewöhnlich, aber nicht unbekannt. Wie Brandon ihr erzählt hatte, war eine ausgetrocknete Quelle nichts, was LeMars mordlustige Gier hervorrufen würde. Der Schluss daraus erschien ihr offensichtlich: Die Quelle war nicht ausgetrocknet. Sie vermutete jedoch, dass ihr Schatz das nicht zu hoffen wagte.

Die kamen schnell zu der Stelle, die auf der Karte markiert war. Nichts war da. Sie fanden keine Quelle, noch nicht mal eine schon lange ausgetrocknete. Nicht mal Brandons magische Drachenfühler fanden irgendwelche Hinweise. „Es war eine Zeitverschwendung", grummelte er.

„He, mit dir im Wald umher zu spazieren ist nie eine Zeitverschwendung!"

Ihre Stichelei konnte seine schlechte Stimmung nicht vertreiben. „Lass uns zurückgehen. Es gibt andere Wege, die ich verfolgen kann, um mehr über LeMars Motivation zu erfahren. Aber bevor ich gehe, müssen wir noch mal über Sicherheit reden. Du und deine Familie seid hier nicht sicher."

„Brandon." Sie legte ihm eine Hand auf den Arm, um sein nervöses Auf- und Abgehen zu stoppen. „Lass uns noch für eine Stunde suchen. Es wäre leicht, ein kleines Becken zwischen all diesen Blättern zu übersehen."

Er entzog sich ihr. „Du *verstehst* es nicht. Wenn eine Quelle in der Nähe wäre, würde ich das spüren. Sogar eine versiegte."

„Sie können also nicht, naja, versteckt sein? Oder versteckt worden sein?"

„Doch. Natürlich können sie das." Er starrte sie vernichtend an. „Aber so etwas bedarf Magie. Die Quelle müsste aktiv sein, um das zu vollbringen."

Und er wollte diesen Gedanken nicht zulassen, wie verlockend er auch war. Hannah ließ sich nicht von seiner schlechten Laune beirren. Es musste ihm viel mehr ausmachen, als er zugab.

„Eine aktive Quelle wäre für LeMar wertvoll, oder?"

„Unschätzbar."

„Was sein Interesse an diesem Hof erklären würden. Also, lass uns noch ein bisschen Zeit hier verbringen – nur eine halbe Stunde, okay? Um zu sehen, ob das ‚Unmögliche' vielleicht, nur vielleicht, möglich ist." Er fing an ihr zu widersprechen und sie unterbrach ihn. „Bist du dir absolut sicher, dass diese Quellen ausgetrocknet und nicht nur inaktiv sind? Absolut sicher?"

Er schaute böse drein, ohne zu antworten. Sie verschränkte die Arme vor der Brust und wartete. „Gut", blaffte er. „Eine halbe Stunde. Dann gehen wir."

Gut. Wo sollte sie nun ihre Suche fortsetzen? Hannah ging in sich und hoffte, dass ihre ‚Verwandten'-Sinne (was auch immer das war) einen Hauch von Magie wahrnehmen würden. Kein Glück – was nicht überraschend war, da Brandon keine Ahnung hatte, wo sie gucken sollten. Er wusste viel mehr über Magie als sie.

Aber nicht über Wälder...!

„Warte mal!" Sie zeigte auf einen Hang vor ihnen. „Was ist das?"

Er folgte ihrem Finger. „Ich glaube die heißen ‚Bäume'."

Sie ignorierte seinen Sarkasmus. „Birken, um genau zu sein."

„Was genau ist die Bedeutung von Birken?"

„Nichts – aber guck sie dir an!" Er schaute näher hin... und riss plötzlich die Augen auf. Hannah grinste triumphierend. „Es ist fast November und sie haben noch immer grüne Blätter. Alle anderen Bäume hier sind tot. Naja, inaktiv..."

„...aber diese Birken sind noch lebendig", flüsterte er. Er sprach die Hoffnung nicht aus, dass die Quellen dann vielleicht auch überlebt hatten.

Ein Lachen stieg in ihr auf, eine euphorische Freude. „Naja, worauf warten wir noch?"

Hannah hüpfte voraus, von einer euphorischen Begeisterung angetrieben. Sie hatte es geschafft! Sie hatte diese Quelle, die ihm so viel bedeutete, gefunden. Brandon ging ihr langsam hinterher. Er schien betäubt, verwirrt. Es dauerte einen Moment bis er sie eingeholt hatte und als er neben ihr war, drückte sie seine Hand sachte. „Gib die Hoffnung nie aus. Niemals!"

Sie gingen gemeinsam weiter. Ihr Herz schwellte vor Stolz als sie durch den Vorhang der Birken gingen. Sie hatte das gemacht. *Sie* hatte ihrem Drachen eine Quelle zurückgegeben! Mit dieser Freude kam ein merkwürdiges Gefühl von Déjà-vu. Sie war schon mal hier gewesen. Irgendwie wusste sie das. In einem Traum… einem vorherigen Leben… sie wusste es nicht. Dennoch war sie schon einmal hier entlang gegangen.

Dünne Birken verschwanden und enthüllten eine kleine von Moos bedeckte Lichtung. In der Mitte war eine kleine Mulde.

Trocken. Leer.

Tot.

Hannahs Stimmung war am Boden. Nein! Sie konnte nicht vertrocknet sein! Nicht nach alle dem!

Wer war jetzt der Narr, nachdem sie Brandon aufgefordert hatte, die Hoffnung nicht zu verlieren? Er hatte recht gehabt. Es war eine Zeitverschwendung.

Sie drehte sich um, um das zuzugeben. Als sie das tat, ging ihr Schatz an ihr vorbei. Staunen erleuchtete sein Gesicht und er schwankte mit den langsamen, unsteten Schritten eines Schlafwandlers. Er blieb am Rande der trockenen Quelle stehen und drehte sich langsam um, von Wunder erfüllt. „Wir haben sie gefunden", hauchte er. „*Du* hast sie gefunden."

„Aber sie ist trocken", protestierte Hannah. „Oder nicht?"

„Trocken? Nein!" Er lachte kurz erstaunt. „Kannst du sie nicht fühlen?"

„Mmm… nein?" Gab es eine Helligkeit in der Lichtung? Ein Schimmern, als ob Millionen von Blasen die Luft erfüllten? Naja… nein. Das Gefühl verging so schnell wieder, wie es aufgekommen war und Hannah tat es als Einbildung ab.

Brandon hatte jedoch keine Zweifel. „Dann guck dir die Bäume an! Das Moos! Sie können es fühlen. Das ist die Quelle! Die erste von der ich seit über einem Jahrhundert gehört habe! Ja, sie ist schwach. Sie erwacht gerade erst wieder. Aber sie ist nicht ausgetrocknet! Überhaupt nicht!"

Langsam ging sie an seine Seite und wünschte sich, dass sie die Magie fühlen und seine Freude ganz teilen könnte.

„Du hattest recht", flüsterte er und zog sie zu sich. Starke Arme schlangen sich um sie und hielten sie in einer kräftigen Umarmung. Seine Lippen drückten sich auf ihre…

…und der goldene Kelch verschwand aus ihren Händen, seine Worte erklangen in ihren Ohren: „Lass unsere Seelen und unsere Leben auf Ewigkeit miteinander verbunden sein."

Hannah wich zurück und schaute sich wild in der Lichtung um. Im Tageslicht, mit abgefallenen Blättern überall, sah sie so anders aus. Aber…

„Ich bin schon mal hier gewesen", flüsterte sie.

„Als Kind?", fragte er, über ihren Schock verwirrt.

„Nein. In einem Traum. Vor ein paar Nächten."

„Seltsam. Was… Nein!"

Nun drehte er sich um, sein Gesicht vor Erstaunen verzogen. „Oh, Amarie. Du verrückte alte Hexen-Häsin." Seine Stimme brach, nur ein Schatten seines normalen Basses. „Du hattest recht."

„Amarie?" Hannah versuchte, sich zu konzentrieren. Sie hatte hier gelegen, auf diesem dicken Mooskissen, und hatte ihn ihren Körper, ihre Seele, erkunden lassen. Sie hatte ihm hier ihre Liebe geschworen und er hatte von ihr Besitz ergriffen. Nein, sie konnte sich jetzt nicht den Erinnerungen hingeben. Sie musste denken. Sich konzentrieren. Versuchen das alles zu verstehen. „Deine Haushälterin? Was hat sie gemacht?"

„Sie hat sagte mir, ich soll an das Ritual der Besitzergreifung glauben."

Das half nicht. Jede weitere Verrücktheit ließ ihren Kopf nur mehr schmerzen. „Also, es tut mir leid, ich…"

„Du hast in der Nacht, in der du bei mir übernachtet hast von diesem Ort geträumt, oder?"

Ihre Kinnlade fiel runter. „Woher weißt du hast?"

Brandon trat näher an sie und nahm ihre zierlichen Hände in seinen eigenen festen Griff. „Weil ich das auch geträumt habe. Der Kelch? Der Dolch?"

Der wahnsinnige, rasend-machende Sex den sie hatten? Das verschlug ihr die Sprache.

„Ich dachte, es war ein Traum. Mein Verlangen nach dir, das in meine Träume eingedrungen ist. Aber das war es nicht. Es war Magie, wie mir meine weise Häsin gesagt hat."

Ihr Herzschlag flatterte in ihrer Kehle, angetrieben von ihrem hämmernden Herzen. „Ich verstehe nicht."

„Früher, als die Quellen flossen und die Welt voller Magie war, hat meine Art eine Zeremonie durchgeführt, die das Ritual der Besitzergreifung hieß. Wenn ein Drache seine Seelenverwandte traf, wusste er es, weil die beiden einen Traum miteinander teilten."

Bilder kam zurück zu ihr. *Die seidene Schärpe, die über seine schlanken, muskulösen Beine glitt, enthüllte…*

„Wenn sie zustimmte – wenn sie ihn auch liebte…" Er kippte ihr Kinn zu sich nach oben. „…dann waren ihre Seelen für immer miteinander verbunden. Sie ergriffen voneinander Besitz. Drache und Partnerin. Ihre Schicksale und Leben für immer miteinander verbunden. Sogar der Tod konnte sie nicht trennen."

Ihr wurde schwindelig und sie hielt sich an ihm fest. Die Freude schwächte sie und ihre Beine wurden weich. Nur Brandon, seine Stärke, seine Festigkeit, hielt sie aufrecht. „Du meinst..."

„Es war kein Traum. Es war unser Schicksal. Du bist meine Seelenverwandte. Meine Liebe. Die Freuden die wir in dieser Nacht geteilt haben? Wir können sie wieder erleben, jede Nacht. Dieses Verlangen wird das Fundament für unser gemeinsames Leben werden."

Das zu haben... *ihn* zu haben. Jeden Tag. Seine Leidenschaft. Seine Stärke.

Seine Liebe.

„Dann... wirst du bleiben?", flüsterte sie. „Nachdem das vorbei ist? Ich werde dich nicht verlieren, wenn du, wenn wir..."

„Ich werde dich nie verlassen. Nie wieder." Er beugte sich zu ihr und besiegelte das Versprechen mit einem Kuss.

Lippen, warm und gierig, drückten sich auf ihre. Das Feuer aus ihrem Traum entfachte erneut und erfüllte sie mit einem herrlichen Schmerz. Sie wollte ihn. *Brauchte* ihn. Er spürte ihre Leidenschaft und sein eigenes Verlangen stieg, kam ihrem gleich.

Er zog sich schnell die Jacke aus und warf sie in das von Blättern bedeckte Moos. Ein helles Licht schimmerte in seinen saphirblauen Augen.

Sein Drache, begriff Hannah. Sie konnte seine Seele in seinen Augen sehen. Sie erinnerte sich an die Stärke und die tödliche Kraft der großen Schlange. Diese Erinnerung bereitete ihr keine Angst. Sie liebte ihn – alles an ihm, sowohl Mann als auch Biest. Er würde ihr nie wehtun. Sie war seine Partnerin. Sie strich ihm die Haare aus den glänzenden

Augen und küsste ihn. Auf eine Art wie es Worte nicht konnten, ließ sie ihren Körper ihm zeigen, wie sehr sie sich nach ihm sehnte. Nach allem von ihm.

Ihre Jacke rutschte zu seiner auf den Boden. Ein Teil ihres Verstandes bemerkte die Herbstluft, kühl auf ihrer Haut. Sanft, herrlich, wie die Liebkosung eines Sees im Frühsommer. Vielleicht erwärmte seine Drachennatur sie; vielleicht segnete die Quelle ihre Vereinigung und schützte sie vor der Kälte. Hannah wusste es nicht und es war ihr auch egal. Sie zogen sich eifrig aus und warfen das letzte weg, was sie von einander trennte.

Dann standen sie einander nackt gegenüber. Mann und Frau, Drache und Partnerin. Ihr Blick glitt an seinem Körper entlang. Entlang der kräftigen Muskeln seiner Waden und Oberschenkel. Verweilte an seiner harten, dicken Männlichkeit, die durch Verlangen nach ihr anschwoll. Glitt entlang an seinem strammen Oberkörper, seinen starken Armen. Arme die sie um sich geschlungen, sie näher ziehend, fühlen wollte.

Er war ein Griechischer Gott, wie ihr Traum es versprochen hatte. Kein einziges Detail ihrer nächtlichen Vereinigung war falsch, von seinem knackigen Po bis zur harten Begierde seines Schwanzes. Er war, in Wirklichkeit, alles wovon sie geträumt hatte.

Als ihre Augen in sein attraktives, markantes Gesicht guckten, bemerkte sie, dass er sie ebenfalls ansah, trunken von der Schönheit ihres Körpers. Seine glänzend blauen Augen brannten mit einem heftigen Drachenhunger, der sie zu verzehren drohte. Eine Sehnsucht die nichts anderes als vollkommene Hingabe dulden würde. Und doch war seine Berührung – in der kühlen Luft warm auf ihrer Haut– sanft, trotz der unaufhaltbaren Flut von Leidenschaft die ihn erfasste.

Sie küssten sich. Sanft zu Anfang, als er die Lust seines

Drachens im Zaum hielt und sicherstellte, dass er Herr seines Verlangens war. Dann heftiger, heißer, mit wachsender Leidenschaft. Ihre Hände erkundeten einander, entdeckten ihre herrlichen Gegensätze: harte Muskeln gegenüber weichen Kurven, schwellende Brüste die sich an einen schlanken, muskulösen Oberkörper drückten.

Sie fühlte wie sich seine Männlichkeit gegen die Spalte zwischen ihren Schenkeln drückte. Bei der Berührung – eifrig, bereit – wimmerte sie. Ihre Beine wurden weich und sie sackte nach unten, bereit dazu ihre Vereinigung zum Höhepunkt kommen zu lassen.

Brandon fing sie auf und zog sie wieder an sich. „Noch nicht, mein Schatz", flüsterte er. „Ein Drache kann noch höher fliegen."

Er schob sich hinter sie, schlang seine Arme um ihre Taille. Eine Hand strich sanft ihre Haare zur Seite und sie seufzte vor Freude auf, als sie seine Berührung an ihrem Hals fühlte. Er küsste sie, neckte sie. Liebkoste sie mit Lippen und Zunge. Eine Hand glitt nach unten und umschloss ihre Brust. Ein Daumen umkreiste ihre Brustwarze, neckend, was ihren Atem kurz vor Verlangen werden ließ.

Die andere Hand… oh, die andere stahl sich noch weiter nach unter, zu der feuchten Spalte zwischen ihren Schenkeln. Bei der ersten Berührung schrie sie auf vor Lust und drückte sich gegen ihn. Sie fühlte wie seine Männlichkeit, die sich gegen ihren Po drückte, bei ihrem Aufschrei vor Lust noch härter wurde. Brandon streichelte sie langsam und sandte Wellen von Glück durch ihren Körper. Erneut wurden ihre Beine weich. Aber er hielt sie aufrecht, sein Mund und seine Finger brachten sie zu Höhen des Glücks, die sie zuvor nicht gekannt hatte. Ein anderer Mann hätte sich vor Lust gehenlassen. Nicht ihr Drache. Er war ein Alpha, dominant, der Herr seines Körpers, seines Verlangens.

Nach Luft schnappend entzog Hannah sich seinen

rasend-machenden Liebkosungen und drehte sich zu ihm um. Als Brandon ihre Wange streichelte, legte sie ihm ihren Kopf auf die Brust und genoss den leichten, männlichen Geruch seines Körpers. Sie küsste seine Brustwarzen und fühlte wie er sich versteifte, den Rücken durchdrückte. Sich ihrem gierigen Mund anbot.

Sie sank nach unten, verschlang ihn. Ihre Zunge und Lippen bewegten sich neckend an den flachen, muskulösen Linien seines Bauches nach unten. Er stöhnte und seine Finger schlangen sich in ihr langes, blondes Haar. Als sie sein Bedürfnis, den Aufschrei der Lust den sie ihm entlockte, hörte, entflammte ihr Körper. Noch tiefer und ihr Atem säuselte um seinen Schaft. Hannahs Hand streichelte seine Männlichkeit. Sie küsste sie, leckte sie gierig, stellte sich vor, wie sie in sie fahren würde.

Brandon sank hechelnd neben ihr auf die Knie. Er nahm sie in seine Arme, ihre Lippen trafen sich wieder leidenschaftlich und er legte sie auf das Bett ihrer Jacken. Eine Hand berührte die Feuchtigkeit ihres Geschlechts, testete ihre Begierde und entlockte ihren Lippen ein Säuseln der Lust.

Dieses Stöhnen, dieses wortlose, tierische Winseln vor Bedürfnis machte ihn wild. Er bestieg sie, rutsche zwischen ihre feuchten Schenkel und stieß seinen Schwanz tief in sie. Wieder und wieder, ergriff Besitz von ihr – seiner Partnerin – mit jedem begierigen Stoß.

Hannah gab sich dieser Ekstase vollkommen hin und versuchte nicht einmal mehr, ihr Aufstöhnen zu unterdrücken. Sie bäumte sich auf, teilte seine Leidenschaft vollkommen und schlang ihre Beine um seine Hüften. Jeder Stoß seiner dicken Männlichkeit sandte Wellen des Glücks durch ihren Körper. Diese wurden höher und höher bis er mit einem Urschrei der Lust in ihr explodierte. Ihre Schreie der

Ekstase verschmolzen und hallten in der kleinen Lichtung wider.

Brandon fiel hechelnd neben sie. Sie lag noch gefangen in dem Echo ihrer Leidenschaft neben ihm. Die zwei Liebenden hielten einander, mit pochenden Herzen, als die Herbstblätter um sie herum zur Erde fielen.

KAPITEL 11

Sie lagen eine Zeit lang so verschlungen da und die Welt schien perfekt zu sein. Hannah genoss das anhaltende Glühen ihres Liebesspiels. Die Sicherheit, die sie in Brandons Armen fühlte. Ja, sie wusste jetzt, dass die Welt so Monster wie LeMar enthielt, die ohne Probleme Unschuldige verstümmelten oder töteten. Aber es gab auch Helden darin. Wächter und Beschützer, wie der Mann der neben ihr lag.

Ihr Mann. Ihr Partner.

Ihr Drache.

Traum war Wirklichkeit geworden. Sie konnte sich kein perfekteres Glücksgefühl vorstellen, als das was sie momentan erfüllte. Er liebte sie. Er hatte von ihr Besitz ergriffen. Nichts würde je zwischen sie kommen, dessen war sie sich sicher.

Eine kalte Brise raschelte durch die Blätter um sie und Hannah fröstelte. Brandon küsste sie noch einmal und stand dann auf, um sich anzuziehen. „Wir sollten gehen.“

Sie nickte. Der warme, magische Kokon der sie umschlossen hatte, schien verschwunden zu sein. Sie zog sich schnell an. Als sie fertig war, sah sie auf und sah, wie er sie liebevoll beobachtete.

„Ach, mein Schatz", raunte er. „Es gibt so viel, was ich dir zeigen will. Die Kathedralen von Paris. Moskau im Schnee. Ein Sonnenaufgang überm Mittelmeer."

Namen voller Romantik. Aber als sie ihm zuhörte, kamen ihr die ersten Zweifel. Ja, sie würde unheimlich gerne nach Europa reisen. Aber wer würde sich währenddessen um Danny kümmern? Wer würde auf dem Hof helfen, während sie sich auf einer Yacht sonnte?

Brandon bemerkte nicht, wie sie abkühlte. „Ich will *dich* auch zur Schau stellen", versprach er. „In Cannes. In Monte Carlo. In dem Louvre."

Mit ihm an ihrer Seite würde sie sich vielleicht an diese Orte trauen – sie sogar genießen. Sie wirkten jedoch fremd auf sie, einschüchternd.

Er bemerkte aber immer noch nicht, wie sie sich auf die Lippe biss und sich ihr Augen trübten. „Warte bis du das Met siehst… Central Park im Schnee… Du wirst New York City so sehr lieben, mein Schatz."

Schock, so kalt wie Eis, erfasste sie. Er erwartet, dass sie umzog?

Ja, natürlich. Was war die Alternative? Würde er Jeans anziehen, seine Ärmel hochkrempeln und beim Melken helfen? Ein Drache. Kühe melken. Ehrlich? Was dachte sie sich?

Aber sie kannte die Antwort darauf schon. Als ihr Herz sank und ihr Tränen in die Augen traten, wusste sie es. Sie dachte, dass sie ihn liebte. Dass er wirklich ihr Seelenverwandter war. Dass sie ein Leben mit ihm aufbauen wollte.

„Hannah?" *Jetzt* bemerkte er ihr Unbehagen. „Was ist los?"

„Brandon, ich…" Es waren die schwersten Worte, die sie je sagen musste, aber sie brachte sie heraus. „Ich glaube nicht, dass das funktionieren wird."

„Natürlich wird es das. Mein Drache hat von dir Besitz ergriffen."

„Ich habe da auch mitzureden, weißt du!", antwortete sie, leicht gekränkt. Das bisschen Ärger fühlte sich gut an. Es hielt sie davon ab, in Tränen auszubrechen, als ihre Welt unterging.

„Und das hast du – beim Ritual der Besitzergreifung. Du hast zugestimmt. Und ebenfalls von mir Besitz ergriffen."

„In einem *Traum*", korrigierte sie ihn.

Er starrte sie verblüfft an. „In dem *Ritual*."

„Ich habe nicht nachgedacht! Ich habe nur… nur… geträumt!", heulte sie.

Enttäuschung und Verwirrung breiten sich auf seinem attraktiven Gesicht aus. „Du liebst mich nicht?"

Wie sehr sie das bestreiten wollte! Seine Sorgen wegküssen wollte. Schwören wollte, dass sie ihn liebte, mit Leib und Seele. Das würde aber nicht helfen. „Es ist komplizierter als das."

„Warum?" Sie wandte sich von ihm ab, da sie den Schmerz nicht ertragen konnte, den sie ihm zufügte, aber er hielt sie auf. „Hannah, bitte. Rede mit mir. Sag mir, was unsere Liebe ,kompliziert'. Wir können das regeln. Gemeinsam."

Wut schützte sie vor ihrer eigenen Trauer. Diese verging jedoch bei seinem liebevollen Worten und dann kamen ihr die Tränen, liefen ihre Wangen runter. „Brandon, es ist wegen meiner Familie."

„Sie mögen mich nicht?"

„Nein! Ich meine, ja. Ja, sie mögen sich. Aber es besteht die Möglichkeit, dass Danny nie wieder laufen wird, wegen dem was LeMar ihm angetan hat. Meine Eltern können nicht den Bauernhof führen und ihm die Hilfe bieten, die er braucht."

„Das ist einfach zu lösen!", beharrte er und winkte

abtuend mit der Hand. „Ich werde eine Krankenschwester für ihn einstellen."

„Wir haben schon eine Krankenschwester." Frau Grishom, eine schlechtgelaunte, faule Frau (die wirklich nicht die großartigen Zeugnisse verdiente, die sie mitgebracht hatte.)

Er zuckte mit den Schultern. „Wenn sie nicht ausreicht, stelle ich eine zweite ein."

Ihr Tränen trockneten vor Ärger. Warum dachte er, dass all ihre Probleme verschwinden würden, wenn er genug Geld ausgeben würde? Konnte er nicht verstehen, dass das ihr kleiner Bruder war? Sie *wollte* nicht, dass Danny von Fremden abhängig war. Er hatte es verdient, von jemandem gepflegt zu werden, der ihn liebte.

„Und dann ist da der Hof. Danny hatte vor, ihn nach seinem Schulabschluss zu führen. Aber jetzt..."

Noch ein Abwinken. „Stell Leute ein. So viele wie dein Vater braucht."

Hannah starrte ihn an, kalt vor Ungläubigkeit. Schon wieder Geld? Verstand er Familie nicht? Verpflichtungen? Bestimmt konnte ein Drache wenigstens Ehre verstehen? Ihren Hof mit Fremden vollzustopfen würde ihn unwiderruflich verändern.

„Nein." Sie wollte mehr sagen, konnte es aber nicht.

„Hannah..." Er griff nach ihr. Sie wich zurück.

„Nein. Ich will jetzt nicht darüber reden."

„Aber..."

„Lass uns gehen. Wir müssen uns überlegen, was wir als nächstes tun werden."

Obwohl es ihr das Herz brach, drehte sie ihm den Rücken zu und machte sich auf den kalten Weg nach Hause.

Brandon lief Hannah blindlinks durch den Wald hinterher. Äste schlugen ihm ins Gesicht; er versuchte nicht einmal auszuweichen. Selbst in seiner menschlichen Form war seine Haut so dick wie Drachenschuppen. Er fühlte die Schläge kaum – und sie waren ihm auch völlig egal.

Sein ganzer Verstand, ganzes Wesen, konzentrierte sich auf seinen Drachen.

Er tobte. Er brüllte. Er *forderte,* dass er ihm nachgab. Dass er dessen wilde Kraft über ihn kommen ließ und sich verwandelte.

Wie konnte sie das tun? Wir sind Partner! Ich habe von ihr Besitz ergriffen! Sie kann ihrem Schicksal nicht entkommen!

Aber sie konnte es. Der menschliche Teil seiner Seele wusste das und akzeptierte es bedauernd. Brandon konnte nicht verstehen, was schiefgelaufen war. Er hatte nie geglaubt, dass sich die Welt binnen eines Kusses ändern könnte, von Wonne zu Verzweiflung. Trotzdem hatte sie das getan.

Nein! Verwandle dich! Schrei unseren Zorn zum Himmel bis sie sieht, wie sehr sie unrecht hat!

Sein Drache war ein Wesen voller Urbedürfnisse und -kraft und er verstand nicht, wie zerbrechlich Menschen waren. Wie seine Stärke und Wut den sterblichen Verstand zerstören könnten. Drachen waren keine sanften Kreaturen. Wenn er sich jetzt verwandeln würde, während sein Drache so wild raste, würde sie nur erschrecken. Und er konnte es nicht ertragen, Angst auf ihrem Gesicht zu sehen. Angst vor *ihm*.

Nein. Er konnte seinen Schmerz, seinen Verrat, nicht rauslassen. Er war ein Alpha, der Herr seiner Drachenseele. Er würde sich nicht gehen lassen.

„Alles okay?" Hannahs sanfte Stimme brach die Stille.

Brandon starrte sie ungläubig an. Wie konnte sie ihn das fragen? Sie hatte den Kelch seiner Seele mit Glück gefüllt. Sie hatten sich vereinigt, Drache und Partnerin, und sich ihre Liebe mit dem wortlosen Versprechen ihrer Körper geschworen. Und dann, in dem Moment als ihre Vereinigung ewig hätte werden sollen, hatte sie sich von ihm abgewandt. Ihn abgewiesen, und seine Liebe. Dann fragte sie ob alles ‚okay' sei?

Sie wartet auf seine Antwort. „Ja", sagte er. „Alles gut."

„Okay." Offensichtlich glaubte sie ihm nicht. Trotzdem wollte sie immer noch nicht ‚darüber reden'. Also ging sie weiter in Richtung Hof.

Ein Schrei vor Urschmerz schwoll in ihm als sie ihm den Rücken zukehrte. Brandon stolperte als sein Halt an seinem Drachen schwankte. Schuppen, hart und schwarz, blitzten an seinem Arm auf.

Nein! Er war der Herr! Er ballte seine Hände zu Fäusten. Als die Kraft seines Drachens über ihn kam, sprangen messerscharfe Klauen aus seinen Fingerspitzen – und stießen in seine eigenen Handflächen. Wie er es vorgesehen hatte. Ein Drache war schließlich so gut wie das einzige, was einem Drachen schaden konnte.

Dieser Schmerz erschreckte seinen Drachen und Brandon nutzte den Moment der Verwirrung, um dessen Kraft wieder in sich hineinzuziehen. Sie sicher auf die Andere Seite verbannte. Klauen verschwanden. Schuppen wurden zu Menschenhaut. Er hatte sich wieder unter Kontrolle.

Hannah spürte diesen Kraftausbruch und guckte sich besorgt um.

Brandon lächelte sie an. Ein steifes, falsches Lächeln – und trotzdem schien es sie zu beruhigen.

Da ihm die sterbliche Welt verwehrt wurde, schrie sein Drache vor Trauer und Verlust. Obwohl die Gefahr, die Kontrolle zu verlieren, echt war, konnte er nicht sauer sein. Er verstand, auf eine Art wie Hannah es nicht verstehen konnte, wie sehr sie ihn verletzt hatte.

Drachen beschützten. Der Drang zu beschützen erfüllte sie, jede Schuppe, jeden Tropfen Blut. Seit der Zeit der Mythen beschützten sie. Heilige Orte, wie die Quellen. Heilige Menschen, wie ihre Partnerinnen. Als die Quellen verschwanden, nahmen sie die Herzen der Drachen mit sich. Ohne ihren Zweck, ihre Liebe, wurden manche verrückt und bissen sich ihre Flügel ab. Wie LeMar.

Brandon kannte den Drang, der seinen Feind zerstört hatte. Eine kalte, dumpfe Trübheit die das Leben erfüllte, wenn es keine Hoffnung auf Liebe, auf einen Zweck gab. Er hatte den verführerischen Reiz von Gier gespürt, den Drang sich den leeren, belanglosen Freuden hinzugeben, die Reichtum bot. So viele Drachen waren dem Sirenengesang vor Verzweiflung und Gier verfallen.

Heute hatte er zu hoffen gewagt, dass seine Sehnsucht vorbei sei. Dass Hannah das Loch in ihm ausfüllen könnte, die Leere die drohte, seine Seele zu verschlingen und ihn zu einem verdorbenen, bösen Spiegelbild seiner selbst zu machen. So wie LeMar es getan hatte. Sie, und die schwache Quelle, würde ihn davor bewahren. Indem er sich ihr widmete, ihre Familie und ihr Zuhause beschützte, würde er endlich zu dem, wofür er geschaffen war.

Ein echter Drache, vollständig und komplett. Ein Wächter.

Und jetzt war der Traum geplatzt. Zerstört durch ein einfaches Wort: „Nein."

Verzweiflung überkam ihn und damit ein tödliches Verlangen sich zu verwandeln und seine eigenen Flügel zu zerreißen. Brandon schloss seine Augen bis dieses verrückte Verlangen verging und er wieder er selbst war.

Ich werde dich das nicht machen lassen, sagte er seinem Drachen streng. *Erinnere dich daran: wenn ein Wort unseren Traum zerstört hat, kann ein anderes Wort ihn wiederherstellen.*

Ja.

Er würde nicht über Hannah schimpfen, würde seinen Drachen in seinem Schmerz nicht um sich schlagen lassen und sie verletzten. Wenn sie soweit war, würde sie darüber reden. Er würde ihr zuhören. Mit der Zeit würde er verstehen, warum sie sich ihm verweigert hatte. Und dann würde er sie umstimmen.

Er wusste, dass er das konnte. Ihr Körper hatte es ihm zugeflüstert, als sie vor Ekstase ihrer Vereinigung aufgestöhnt hatte. Sie hatte von ihm ebenso Besitz ergriffen wie sein Drache von ihr. Welche Hürden ihr Geist auch sah, ihr Herz wusste, dass sie Seelenverwandte waren. Bestimmt für einander. Wenn er ihre Ängste verstehen würde, könnte er sie auch beseitigen. Sanfter, weniger schroff diesmal. Im Moment musste er ihr einfach Zeit lassen. Warten, bis sie dazu bereit war, sich dem mit ihm gemeinsam zu stellen.

Wütender Verdruss strahlte von seinem Drachen aus. Drachen waren von Natur aus nicht geduldig.

Aber er war es. Und er würde sich nicht beherrschen lassen – auch nicht von seiner eigenen Seele.

EIN BLAUES AUTO WAR NEBEN DER STILES VERANDA GEPARKT. Brandon sah es in dem Moment, als sie aus dem Wald kamen, aber Hannah beruhigte ihn. „Das ist das Auto von Frau Grishom. Sie ist Dannys Krankenschwester. Sie fühlte sich gestern nicht wohl und ist nicht gekommen. Scheinbar geht es ihr besser." Ihre Nase runzelte sich. „Oder vielleicht hatte sie gestern einfach keine Lust, zu arbeiten. Sie ist nicht sehr zuverlässig. Wir sollten uns wirklich um einen Ersatz kümmern."

„Ich werde mich darum kümmern", versprach er. „Dein Bruder hat die beste Pflege verdient." Nachdem er sich versichert hatte, dass das Auto und dessen Fahrerin keine Bedrohung darstellten, wandte er sich anderen Dingen zu.

Heikleren Dingen. Welche, die er diplomatisch angehen musste. „Wir müssen dich und deine Familie in Sicherheit bringen. Nur für eine kurze Zeit." Er hob seine Hand, um sie zu stoppen, bevor sie protestieren konnte. „Ich weiß, wie viel dieser Hof deiner Familie bedeutet. Aber vergiss nicht, dass LeMar gedroht hat, dich zu töten. Wir können ihm nicht noch eine Gelegenheit dazu bieten."

Sie blieb auf der Verandatreppe stehen, krank vor Sorge. „Für wie lange? Werden wir jemals wieder sicher sein?"

„Natürlich!" Ohne nachzudenken, streichelte er ihre Wange. Bei der Berührung zögerte er. Sie hatten einander seit dem Moment der Leidenschaft nicht berührt. Würde sie jemals wieder wollen, dass er sie streichelte? Dann lächelte sie und Erleichterung überkam ihn. „Ich werde dich, Hannah, und diesen Ort beschützen. Ihr bedeutet mir beide sehr viel."

Er sehnte sich danach, mehr zu sagen. Ihr von der Leere zu erzählen, die sie mit ihrer Liebe in seiner Seele ausfüllte.

Zügle dich, warnte er sich selbst. Gib ihr Zeit. Wir haben uns berührt. Wir haben den ersten kleinen Schritt zu einer Versöhnung getan. Lass es gut sein.

„Du bedeutest mir auch sehr viel", flüsterte sie und ihre Augen wurden feucht. Noch ein winziger Schritt. Sogar sein Drache beruhigte sich, da ihm bewusst wurde, dass was am Geduld-Haben dran war.

„Gut. Hier ist was ich denken." Normalerweise würde er ihr einfach sagen, was sie tun würden. Er war ein Alpha. Er befahl. Andere um Zustimmung für seine Pläne zu fragen, war ihm fremd. Von der Willensstärke seiner Partnerin ausgehen, war es aber etwas woran er sich würde gewöhnen müssen.

„Lass uns deine Familie zu meinem Haus in New York bringen. Amarie ist eine gute Krankenschwester. Ich bin mir sicher, sie würde sich liebend gerne um deinen Bruder kümmern. Ich werde hierbleiben und..."

„Nicht alleine!", schrie sie auf. „Das kannst du nicht! Es ist nicht sicher!"

So albern es war, ihre Besorgnis erfreute ihn. Sie sorgte sich. Egal wie sehr sie darauf beharrte, dass sie nie zusammen sein würden, ihr eigenes Herz verriet sie. Sie liebte ihn genauso sehr, wie er sie. „Liebste, kein Wurm würde einen Drachen bedrohen. Lediglich die Möglichkeit mir zu begegnen, jagte ihm Angst ein. Das hast du gesehen."

Hannah blickte finster und war nicht überzeugt. „Ich habe auch die magische Falle gesehen, die er für dich hinterlassen hatte. Die einen Werwolf-Wandler pulverisiert hat."

Na gut, sie hatte nicht ganz unrecht. Er wusste, dass er einen Drachen nie in einem fairen Kampf besiegen konnte und so würde LeMar zweifelsohne auf List und Zaubersprüche zurückgreifen. Brandon war sich aber sicher, dass er dem gewachsen war. „Ich glaube ehrlich gesagt nicht, dass er sich die Mühe machen wird. Jetzt wo ich über die Quelle Bescheid weiß, wird unser Feind bestimmt schnellstens die Stadt verlassen. Wahrscheinlich noch heute."

„Aber die Quelle ist lebendig!"

„Gerade so. Sie ist nicht stark genug, um zu heilen, wie sie es sollte."

„Aber sie ist trotzdem wertvoll, oder?", protestierte sie.

„Ja, natürlich", erklärte er, gezwungen geduldig. „Sie wird jetzt aber von einem Drachen bewacht. Den er nicht besiegen kann."

„Alleine. Wenn er Verstärkung bekommt, dann..."

Um Himmels Willen, würde sie es je gut sein lassen? Diese ‚Demokratie' war ihm und seinem Drachen beiden lästig. Warum konnte sie ihn nicht einfach Befehle erteilen lassen, wie er das mit Amarie tat?

Weil sie zwar ein Mensch war, aber ihre Seele genauso wild war wie seine, wurde ihm bewusst. Könnte er das machen, was er von ihr verlangte? Könnte er zulassen, dass sie einem Feind ohne seinen Schutz gegenübertrat?

Nein. Niemals. Auch wenn Hannah kein Drache war, verstand sie die brennende Liebe eines Schlangenherzens. Er musste geduldig sein, so unnatürlich es für ihn auch sein mochte.

„Ich werde selbst Verstärkung rufen", versprach er. „Es gibt eine Wandlerfamilie in Ohio, die mir einen Gefallen schuldet. Sie sind keine Kämpfer, aber sie könnten heute Abend hier sein und sich um euren Hof kümmern. Ich werde außerdem meine Gruppe herbeirufen. Andere Drachen. Vertrau mit", sagte er lächelnd. „Nicht mal die Fänge von Apophis trauen sich, einer ganzen Gruppe Drachen gegen-überzutreten."

Sie war mit seinem Plan nicht zufrieden – aber sie konnte auch nichts daran aussetzen.

„Vergiss nicht, es ist nur für eine kurze Zeit. Nachdem meine Gruppe und ich die Gegend gesichert haben, könnt ihr zurückkehren. Ich bezweifle, dass ihr für mehr als eine Woche weg sein werdet."

„Und dann?"

„Dann werden wir... andere Dinge besprechen." Was das sein würde, ließ er unausgesprochen. Trotzdem wusste sie es. Sie wussten *beide*, dass egal was zwischen ihnen gesagt worden war, sie einander nicht einfach verlassen konnten. Sie waren Partner, ihre Seelen waren durch das Schicksal miteinander verbunden. Wenn das Leben ihnen Steine in den Weg warf, würden sie einfach einen anderen Weg finden.

Hannah seufzte und lächelte ihn reumütig an. „Okay. Hört sich nach einem Plan an."

Ha! Sie hatte seinen, ähm, ‚Befehlen' zugestimmt. „Dann ist es abgemacht. Sollen wir rein gehen und deine Eltern davon überzeugen?"

Die Tür hinter seinem Schatz ging auf. Da er auf der Stufe unter ihr stand, konnte er die Person nicht sehen, die raustrat.

Das musste er auch nicht. Ein Hauch von etwas Verdorbenem – Abfall oder schmutziges Fell – trat an seine feinen Drachensinne.

„Frau Grishom!", sagte Hannah. „Wie schön..."

„Ratte!", donnerte Brandon. Mit einem schnellen Sprung schnellte er die Treppe hoch und brachte seinen Körper zwischen seine Partnerin und dieser plötzlichen Bedrohung.

Die Frau vor ihm verzagte mit einem Quietschen vor Angst, die ihr Ratten-Wandler-Wesen verriet. Verachtung erfüllte ihn. Ihn oder seinen Drachen, er konnte es nicht sagen. Beide hielten nicht viel von dieser trügerischen Art. Ohne Zweifel eine von LeMars Handlangern. Er rief seinen Drachen zu sich und ließ dessen Kraft über sich kommen.

Als sich Schuppen über seinen schlanken Körper legten, funkelte er Frau Grishom an und ging davon aus, dass sie fliehen würde.

Er vergaß in diesem Moment jedoch eine wichtige Wahrheit über Ratten: wenn sie in die Ecke getrieben wurden, kämpften sie.

Eine Jacke lag über ihrem Arm. Die Frau zog einen Dolch aus Obsidian darunter hervor. Sie schlug wild um sich; Brandon parierte den Schlag, damit er Hannah nicht schaden konnte. Zu seiner Überraschung schnitt die Klinge durch die schuppige Haut seiner Hand. Die Wunde war nichts – ein Kratzer, der kaum blutete. Und trotzdem brannte die Messerspur wie Säure.

Mit einem Kreischen, verwandelte Grishom sich in ein öliges Nagetier, das so groß wie ein großer Hund war. Das Messer fiel auf die Veranda als sie in Richtung Wald rannte.

Er drehte sich um, um ihr hinterher zu springen und ihr miserables Leben zu beenden. Bei der Bewegung drehte sich die Welt wie verrückt und er fiel gegen das Geländer.

„Brandon!" Hannah schnellte an seine Seite als seine Beine nachgaben. „Was ist los?"

„G-g-gift! Du musst..."

Das war alles, was er herausbrachte bevor ihn Dunkelheit umschloss.

KAPITEL 13

"Brandon!"

Hannah fiel neben ihm auf die Knie und hielt seinen Kopf.

Die Eingangstür schlug erneut auf. Angelockt von dem Schreien und Brüllen, raste ihr Vater nach draußen, eine Flinte in den Armen.

„Es ist Frau Grishom! Sie ist ein Monster!" Hannah zeigte in die Richtung, in die die Formwandlerin gerannt war, aber es gab keine Spur von der aufgedunsenen Ratte. Ihre heimtückische Klinge hatte Brandon verletzt, aber sie wollte nicht riskieren, seinen Zorn zu spüren.

Ihr armer verwirrter Vater kniete sich neben sie. „Was zum Teufel ist passiert?"

„Gift. Dannys Krankenschwester muss eine der Wandler sein, die versuchen unseren Hof zu klauen." Sie legte ihm mit pochendem Herzen ihre Finger an Hals und fand einen Puls. Schnell, unregelmäßig – aber er lebte!

Noch. Bis das Gift sein Werk vollbracht hatte.

Angst schüttelte sie. Eine seelenvernichtende Furcht, die

alle Angst die sie je gekannt hatte, verblassen ließen. Was wenn er starb? Was wenn sie ihn verlieren würde?

Vor einer halben Stunde, hatte sie ihm gesagt, es gab keine Zukunft für sie. Aber jetzt, wo sie ihn verlieren könnte, erkannte sie, wie dumm sie gewesen war. Es gab keine Zukunft ohne ihn – keine die sie wollte. Sie könnte seinen Verlust genauso wenig überleben, wie den der Hälfte ihrer Seele.

Mit einem Aufschrei schlug sie ihre Faust auf den Verandaboden. Der Schmerz durchfuhr sie wie ein Blitz und ermöglichte es ihr, klar zu denken.

„Ich rufe den Notdienst", sagte ihr Vater.

„Nein. Er ist ein Drache, Papa. Die können nichts machen." Aber wer könnte es? Wo könnte sie Hilfe gegen ein magisches Drachen-tötendes Gift finden? Diese Ohio-Wandler? Brandons Gruppe? Oder…

…in ihr selbst?

„Papa, hilf mir!" Sie legte sich einen seiner Arme über die Schulter und versuchte ihn auf die Beine zu stellen. „Wir müssen ihn zu dieser Quelle bringen, die wir gefunden haben."

Die Quelle. Ohio und seine Gruppe waren zu weit entfernt. Nur die ruhende Heilquelle war nah genug, um ihn zu retten.

Falls sie einen Weg finden könnte, die Magie in diese Welt zurückzubringen.

„Schatz, hier, lass mich." Ihr Vater legte das Gewehr zur Seite und hievte Brandon über seine Schultern wie ein Feuerwehrmann. Er stand auf und stöhnte vor Überraschung über das Gewicht des Mannes. „Geh vor."

Hannah schnappte sich die Flinte und lief in den Wald.

Es kam ihr so vor, als dauerte es *Stunden*, bis sie die Quelle erreichten. Sie wollte ihren Vater anschreien, dass er sich beeilen sollte, dass Brandons Leben und ihr eigenes von ihrer Schnelligkeit abhing. Aber ein Blick auf das rote, verschwitzte Gesicht ihres Vaters verriet ihr, dass er so schnell ging, wie er konnte. Ein dutzend Mal drohte Panik sie zu überwältigen. Sie waren zu langsam. Er war tot. Es war alles ihre Schuld. Jedes Mal, als diese überwältigende Angst in ihr aufkam, bezwang sie sie. Sie musste die Kontrolle behalten. Brandon war auf sie angewiesen.

Nach einer Ewigkeit sah sie die ersten Birkenblätter vor sich. „Wir sind da, Papa! Wir sind da!"

Sie rannten in die Lichtung. Ihr Vater stolperte zum Rand des trockenen Beckens, brach zusammen und legte seine Last auf den Boden. „Was... was *ist* das für ein Ort?", keuchte er.

„Es ist eine Quelle. Mit Magie." Hannah sah sich auf der Lichtung um, suchte verzweifelt nach einer Veränderung. Ein Flüstern von verborgener Kraft... eine Stimme, die zu helfen versprach... Heilwasser das aus der kalten Erde hochblubberten...

Etwas?

Irgendwas?

Trotz ihrer stummen Bitte blieb die Lichtung unverändert. Merkwürdig grün für einen Herbsttag – aber ohne jegliche Kraft.

„Bitte..." Jetzt sprach sie, flehte die Quelle an, ihr zu helfen. „Heil ihn."

Nichts passierte. Der Herbstwind wehte ihre Bitte weg; keine Antwort.

„Schatz?" Die Stimme ihres Vaters war rau. „Liebling... ich kann keinen Puls mehr fühlen."

Nein! Sie legte sich ihre Hände vors Gesicht, so als ob sie ihre Trauer aufhalten könnten. Sie konnte ihn nicht verlieren! Es *musste* einen Weg geben, um die Quelle wieder zum Leben zu erwecken!

Denk nach! Sie schwankte und versuchte sich an alles zu erinnern, was sie über diesen Ort wusste. Es war eine

Quelle, ein magisches Heilbecken. Was hatte Brandon noch gesagt?

„…ein Ort, an dem der Schleicher zwischen den Welten dünn geworden ist'

Dünn.

Mit einem Funken Hoffnung hob Hannah ihren Arm und schlug mit ihrer Handfläche auf den steinigen Boden der Quelle.

Sie hatte Schmerzen erwartet, Steine die ihre weiche Haut zerreißen würden. Stattdessen stieß ihre Hand auf ein weiches Polster, das unter ihrem Schlag nachgab. Ihre Hand sank in den Boden… dann ihr Handgelenk… dann ihr Ellbogen.

Es hatte funktioniert! Ihre Freude ließ nach, als sie sah, dass Brandon immer noch bewegungslos neben ihrem Vater lag. Obwohl ihr Arm tief in die Erde sank, blieb der Boden selbst trocken.

Tot. Wie ihr Geliebter bald sein würde, wenn sie die Quelle nicht aufwecken konnte.

Sie lehnte sich nach vorne und versuchte ihren Arm tiefer reinzudrücken, aber es ging nicht. So wie es schien, gab der Schleicher zwischen den Welten nur ein bisschen nach.

Und jetzt? Wie konnte sie so nah dran sein und doch versagen?

Hannah schrie frustriert auf und legte ihr ganzes Gewicht in ihren Arm. Sie würde mit ihren leeren Händen einen Tunnel zwischen den Welten erstellen, wenn das notwendig war, um ihren Partner zu retten!

Nichts. Keine Bewegung. Es schien so, als ob der Schleicher stärker war als sie.

Verzweiflung stieg in ihr hoch und drohte sie zu überwältigen. Sie heulte wegen dieser seelen-vernichtenden Verzweiflung auf – und etwas auf der Anderen Seite antwortet auf ihren Schrei. Etwas leicht Warmes berührte ihre Fingerspitzen. Als sie danach griff, verschwand es.

Sie spannte sich an und bereitet sich darauf vor, sich erneut gegen die Quelle zu schmeißen.

Dann erkannte sie ihren Fehler.

Rohe Gewalt würde einen Drachen nie bezwingen. Also warum würde dann eine Quelle, das Heiligtum das die Herzen aller Drachen hielt, dadurch bezwungen werden?

Liebe bezwang Drachen. Liebe für die Partnerin und das Zuhause. Liebe trieb sie an und vervollständigte sie.

Liebe war der Schlüssel zu der Quelle.

Sie entspannte sich, ließ ihre Hand in der versteckten Tiefe der Quelle ruhen und füllte ihren Verstand mit *ihm*. Brandon. Ihr Schatz. Ihr Drache. Die maskuline Perfektion seines gemeißelten Körpers. Die Kraft mit der er sie genommen hatte, von ihr Besitz ergriffen und sie auf den Höhepunkt des Genusses gebracht hatte. Die Wildheit seiner großen schuppigen Form, furchterregend für Feinde, eine Zuflucht für Unschuldige.

Sie liebte ihn vollkommen, mit Leib und Seele. Drache und Mann, sie liebte alles an ihm. Sie rief die Quelle auf – mit Liebe, nicht Angst – an ihrer Liebe teilzuhaben.

Und die Quelle antwortete. Eine Energie entflammte auf der Anderen Seite und schickte helle Lichtstrahlen in die Luft. Kraft explodierte um ihre Hand herum, wie tausend entstehende Sonnen. Sie brauste an ihrem Arm hoch, elektrische Impulse rasten durch ihre Nerven, ihren Körper. (Als sie über ihren Bauch fuhren, bewegte sich etwas tief in ihr. Der winzigste Samen von jemanden, der sich vor Freude streckte als Magie ihren Mutterleib erfüllte. Ihre Augen füllten sich vor Glück mit Tränen als sie das Versprechen verstand, dass ihr Liebesakt hinterlassen hatte.)

Mit einem Fauchen wie ein winziger Drache rauschte Wasser um ihren Ellenbogen. Es floss über die staubigen

Steine. Trockenes Moos wurde grün, dichter, als Lichtflimmern und Magie in die Luft stieg und alle Dunkelheit aus der Lichtung vertrieb. Hannah zog ihren Arm heraus und hockte sich vor Schreck auf die Fersen. Das Becken ihres Traumes lag vor ihr.

Magie war in die Welt zurückgekehrt.

„Okay, das habe ich nicht erwartet", sagte eine abfällige Stimme neben ihr.

LeMar! Hannah wirbelte herum und sprang auf.

Der Wurm stand mit einem hämischen Lächeln auf seinem kühlen, attraktiven Gesicht zwischen den Birken. „Naja, ich wusste, dass du eine Verwandte bist", fuhr er fort und schlenderte auf sie zu. „Ich vermute, dass deine Urgroßoma eine Hexen-Häsin gewesen ist. Herzlichen Glückwunsch, Mädchen. Ich hatte vor, dich zu töten, aber weißt du was? Ich glaube, du könntest nützlich sein. Ich werde dich stattdessen behalten."

„Behalte *das*!", knurrte Hannah. Sie nahm die Flinte vom Boden auf und schoss beiden Läufe auf den Wurm ab.

Die Gewalt des Schusses ließ ihn nach hinten schwanken. Die Vorderseite seiner maßgeschneiderten Jacke explodierte – und enthüllte Schuppen. Eine harte, undurchdringliche Haut die ihre Waffen noch nicht mal verkratzt hatte.

LeMars Augen funkelten vor Empörung. „Du unverschämtes Ungeziefer! Das war mein Lieblingsanzug!"

Krallen drangen durch seine Fingerspitzen und ein blass gelbes Licht flammte in seinen Augen auf, als er seinen Wurm herbeirief.

Ihr Vater stand neben ihr auf und stellte sich zwischen sie, seine großen, starken Hände zu Fäusten geballt. „Bleib weg von meiner Tochter!"

„Papa, nein!", rief sie. Er hatte noch nie einen Drachen kämpfen sehen! Er hatte keine Ahnung, dass er keine Chance gegen einen hatte, noch nicht mal einen verstümmelten, gefallenen Wurm wir LeMar.

„Zwei zum Preis von einem, Schätzchen", knurrte der Wurm, als die letzten Anzeichen seiner menschlichen Form verschwanden. „Du kannst zusehen, wie dein Partner *und* dein Vater heute sterben."

„Nein."

Die Verneinung hallte barsch, rau vor Schmerz, durch die Lichtung. Ein Schatten fiel über sie. Sie schnellte herum…

Brandon!

Über ihr ragte ein prächtiger schwarzer Drache. Er bäumte sich auf und seine Flügel streckten sich aus, um ein Schutzschild um sie und ihrem Vater zu formen. Die brennenden, saphirblauen Augen des Drachen waren auf den sich windenden Wurm gerichtet. „Niemand wird heute sterben", brüllte er. „Außer *du*."

So nah an ihrem Drachen konnte Hannah ein leichtes Zittern seiner Beine sehen, als er sich bewegte um die Balance zu halten. Das Gift hatte seinem Körper geschadet, ihn geschwächt. Die Quelle hatte sein Leben gerettet, aber er war trotzdem noch schwach.

Ihr Herz erstarrte. Keine Wunde, nicht einmal eine tödliche, würde einen Drachen davon abhalten, seine Partnerin zu verteidigen. Könnte ein Wurm ihn besiegen, geschwächt wie er war?

Wenn er ein Drache – oder ein Mann – gewesen wäre, hätte LeMar vielleicht eine Chance gehabt. Aber er war ein Feigling, durch und durch. Der Anblick eines echten Drachens über ihm, voller gerechtem, beschützendem Zorn, entmutigte ihn. Vor Angst schreiend, schnellte er herum und floh, schlitterte zwischen den Bäumen hindurch.

Brandon stieg in die Luft auf… oder versuchte es. Im letzten Moment gab sein verletztes Bein jedoch nach. Ein riesiger Flügel berührte eine Birke und zerteilte sie. Der

Drache stieg ein paar Fuß in die Luft, kippte und richtete sich dann mit langsamen, schweren Flügelschlägen wieder auf. Der Anblick erschreckte sie. Als er sie gestern nach Hause getragen hatte, war er der Herr der Lüfte gewesen. Ein kraftvoller Sprung hatte sie beide in die Lüfte getragen. Jetzt, vom Gift geschwächt, kämpfte er damit, in der Luft zu bleiben.

„Warte!" Hannah winkte ihm zu, versuchte ihn zurückzurufen. Er konnte das nicht machen! Ihre schwache Heilung hatte ihm nicht genug Kraft gegeben!

Er gab kein Anzeichen, dass er ihre Bitte gehört hatte. Brandon stieg unstet über die Bäume hinauf und verfolgte seinen fliehenden Feind.

Das Geräusch seiner Flügel schwand und Hannah guckte hilflos in den Himmel über sich.

Ein leises Ächzen, fast ein Flüstern, zog ihre Aufmerksamkeit wieder zurück in die Lichtung.

Ihr Vater stand schwankend neben der Quelle. Ein Zittern schüttelte seinen kräftigen Körper und er starrte mit offenem Mund geschockt in den Wald.

„Papa? Geht es dir gut?" Sie trat an seine Seite und legte ihm ihre Hand auf den Arm.

„Diese Krallen! Oh Gott, diese Krallen... und Schuppen... und..."

Sie schlang ihre Arme um ihren Vater und umarmte ihn. Zu sehen, wie ein Drache deine Tochter nach Hause flog, war schlimm genug. Ein Schock, der einen geringeren Mann zum Wahnsinn getrieben hätte. Aber einen Drachen von Zorn erfüllt zu sehen... zu fühlen wie sein Brüllen deinen Körper erschüttert... von seinen Flügelschlägen bewegt zu werden... Das war zu viel. Sie vertraute Brandon. Sie wusste von ganzem Herzen, dass er ihr nie wehtun würde.

Ihr Vater hatte dieses Wissen jedoch nicht. Hannah

hoffte, dass der Anblick von Brandons wahrer Stärke ihrem Vater keine Angst vor ihrem Partner machte.

Nein, nicht ihr ‚Partner‘. Hannah zuckte darüber zusammen, wie leicht ihr das Wort fiel. Wie natürlich es schien. Sie musste aufhören von Brandon so zu denken oder sie würde nie die Kraft finden, bei ihrer Familie zu bleiben.

Trotzdem, Partner oder nicht, Brandon war ihr treuer Wächter. Ein ehrenvoller Mann, der es nicht verdient hatte, von denen gefürchtet zu werden, die er mit seinem Leben schützte. „Papa, komm." Sie schüttelte ihn sachte und hoffte ihn vom Rande seiner Panik wegzubringen. „Lass uns nach Hause gehen."

„Aber er… sie…" Seine Augen suchten den Himmel nach einem Zeichen der zwei Wandler ab.

„*Brandon*", sie betonte seinen Namen, „wird sich darum kümmern."

Sie hoffte zumindest, dass er das tun würde.

„Es gibt nichts was wir machen können. Komm. Es ist kalt. Gehen wir zurück zu Danny und Mama. Ich bin mir sicher, dass Brandon uns dort treffen wird."

Mit bleiernen Füßen ging ihr Vater ihr hinterher. Anfangs stolperte er, übersah die Wurzeln und Steine am Boden. Aber als sie die magische Quelle hinter sich ließen und den Wald betraten – einen Wald in dem ihr Vater als Kind gespielt hatte – wurde er ruhiger. Hannah war erleichtert, dass der Trost der vertrauten Umgebung seine Angst schwinden ließ. Jeder Schritt brachte sie, körperlich und seelisch, ein bisschen weiter weg von dem Schreck über kämpfende Drachen. Als sie den Rand ihres Hofs erreichten, hatte ihr Vater sich wieder unter Kontrolle. Obwohl er noch blass und verschwitzt war, stand er fest auf den Beinen.

Und er zuckte noch nicht einmal zusammen, als sie um die Ecke kamen und Brandon, wieder in seiner menschlichen Form, auf der Veranda neben Frau Grishoms zurückgelassener Jacke sitzen sahen.

„Brandon!" Er lebte! War sicher! Hannahs Herz schlug höher als sie zu ihm rannte.

Ihr Drache wich vor ihr zurück. Für einen Moment traf sein Blick, dunkel vor Trauer, den ihren. Dann ließ er seinen Kopf hängen und wich ihrem Blick aus.

Er war… beschämt? Sie verlangsamte ihr freudiges Rennen, hielt inne. „Geht es dir gut? Ist er… ist LeMar tot?"

„Nein. Ich konnte ihn nicht fangen. Ich…" Mit einer Grimasse spuckte er die nächsten Worte aus. „Ich habe ihn entkommen lassen."

Ach, war das alles? Erneut überkam sie Erleichterung, was sie so glücklich machte, dass sie fast auflachte. „Kümmre dich nicht darum! Du bist in Sicherheit. Das ist alles, was zählt."

„Es ist *nicht* alles, was zählt!", fauchte er.

Sie setzte sich neben ihn auf die Treppe und drückte seine Hand. „Doch, ist es, denn solange du lebst gibt es immer noch ein morgen. Wir werden ihn nächstes Mal kriegen."

Brandon ließ sich nicht beruhigen. Er zog seine Hand weg und wollte sie immer noch nicht ansehen. „Es wird kein nächstes Mal geben. LeMar wird sich mir nie stellen. Er wird soweit wegrennen, wie er kann und ich werde ihn nie finden."

„Gut. Dann hast du ihn vertrieben. Das ist auch gut, oder?" Ehrlich, warum war er so darauf fixiert, den Wurm zu töten? War es ein Drachending?

„Du verstehst das nicht."

„Was ich verstehe…" Sie nahm seine Hand erneut und hielt sie diesmal fest. „…ist, dass du lebst und wir deine Quelle gerettet haben. Sind das keine guten Gründe, zum Feiern?"

Jetzt sah er sie an, sein Gesicht hart vor Elend. „Ja, wir haben die Quelle gerettet. Aber ich habe total darin versagt, die Blutschuld deiner Familie gegenüber zurückzubezahlen."

„Nur für heute…"

„Nein. Für immer. Hannah, wir haben die Quelle gerettet. Aber mein Versagen wird deinen Hof zerstören."

KAPITEL 14

Hannah konnte Brandon nicht ganz ernst nehmen, als sie um den Küchentisch herum saßen. Alles *erschien* normal. Danny war in seinem Zimmer und spielte Videospiele. Mama und Papa saßen Kaffee trinkend neben ihr. Es hätte ein total beliebiger Morgen sein können.

Aber ihr Schatz schwor, dass es ihr letzter Tag dort sei. Dass sie nie wieder sicher in ihrem Zuhause sein würden.

Papa setzte seine Tasse mit einem Seufzer ab. „Also. Erklär uns, was du damit gemeint hast“, sagte er zu dem Formwandler. „Alles. Denn ich werde mein Land, mein Zuhause, nicht einfach wegen einer vagen Bedrohung verlassen.“

„Es gibt nichts ‚vages‘ an dieser Gefahr.“ Nur Brandon konnte nicht stillsitzen. Er ging in der kleinen Küche auf und ab. Hin und her, vom Fenster zur Tür, immer und immer wieder. Als ob er vor dem Schuldgefühl, das ihn quälte, davonlaufen könnte. „Vergesst nicht, dass wir über den Mann reden, der euren Sohn fast getötet hätte.“

Sie wollte ihn zu sich ziehen, ihn zwingen damit aufzuhören, sich wegen seinem ‚Versagen‘ zu quälen. Sie konnte sich aber irgendwie nicht vorstellen, dass ein Drache es zulassen würden, dass ihn Mensch zu irgendetwas ‚zwangen‘, egal wie gut sie es auch meinten. Es war besser ihn mit seinen Gefühlen umgehen zu lassen, wie er es wollte.

Vielleicht wenn sie sich auf das Problem konzentrierten, würde es seinen Trübsinn vertreiben. „Vor ein paar Stunden hast du gesagt, dass wir nur für ein paar Tage weg müssten – nur bis deine Gruppe hier eintrifft. Was hat sich geändert?“

„Was sich *geändert* hat, ist dass ich versagt habe“, fauchte er.

Hannah zuckte zusammen. Okay, das hatte überhaupt nicht geholfen.

Er hielt in seinem ewigen Auf- und Abgehen inne, ergriff die Arbeitsplatte mit Händen an denen plötzlich schwarze Schuppen und Krallen auftauchten. Mit geschlossenen Augen schwankte er hin und her und bekämpfte einen stummen Befehl seines Drachens. Langsam verschwanden die Krallen und Schuppen. Als er die Augen wieder öffnete, hatte er sich wieder unter Kontrolle.

„Ich werde versuchen, es zu erklären. Alles“, er nickte ihrem Vater zu, „wie du mich gebeten hast.“

„Als ich diese Dinge gesagt habe, Hannah, habe ich gedacht, dass die Quelle so gut wie vertrocknet war. LeMar hätte sie natürlich besitzen wollen. Jegliches Anzeichen von Magie machte sie wertvoll. Aber er hätte nicht wirklich viel mit einer verkrüppelten Quelle anfangen können. Eine ausreichende Machtdemonstration – wie eine ganze Gruppe Drachen, zum Beispiel – hätte ihn vertrieben.“

Sie schnappte nach Luft, als sie seine Logik verstand. „Aber jetzt weiß er, dass die Quelle ganz gesund ist. Naja, nicht ganz… aber fast.“

Er nickte. „Was, wie ich versucht habe zu erklären, sie über alle Maße wertvoll macht. Die erste Quelle, die seit Jahrhunderten wiedererwacht ist. Ein Preis für den es sich zu sterben lohnt. Und zu töten lohnt."

Es wurde still als alle darüber nachdachten. Mama saß da, Lippen zusammengepresst, die Kaffeetasse fest umklammert. Hannahs Gedanken trieben auseinander wie ein Schwarm Spatzen. Es musste einen anderen Weg geben! Irgendetwas was sie machen konnten, um ihr Zuhause zu retten! Aber ihr fiel nichts ein. Kein Plan, keine Idee, kein Einfall. Nichts.

Nur ihr Vater war nicht überzeugt. „Du hast gesagt, du hast eine ‚Gruppe' Drachen. Ich weiß nicht wie viele das sind, aber es sind einige, oder?" Der Wandler nickte. „Ist da nicht genug? Wenn du mehr brauchst, um dich zu unterstützen, kannst du nicht noch eine Gruppe hinzurufen?"

„Es ist keine Kraftsache. Meine Gruppe könnte einen direkten Angriff abwehren. Aber unser Feind ist nicht ehrbar. Er wird sich uns nie stellen. Was er tun wird, ist was er bisher getan hat."

„Er wird Handlanger schicken, um eure Familie anzugreifen, wie die Wölfe, die Danny überfahren haben. Eure Kühe werden wie Ratten vergiftet werden. Zaubersprüche werden eure Ernte im Feld verdorren lassen. Und während all dem wird sich euer Feind verstecken, sicher irgendwo in Europa, Asien, oder auf einer winzigen Insel, die auf keiner Karte verzeichnet ist. Der Verlust von Helfern wird ihn nicht stören. Er wird uns ewig belästigen, versuchen uns zu schwächen oder unseren Willen mit seinem Terror zu brechen. In der Hoffnung, dass er irgendwann einen richtigen Angriff durchführen kann."

Ein Wort drang durch den Nebel von Hoffnungslosigkeit der sie umgab. „Du hast ‚uns' gesagt. Heißt das, dass du bleiben wirst? Egal was LeMar macht?"

„Natürlich!" Die Frage schien ihn zu überraschen. „Meine Gruppe und ich werden diesen Ort mit unseren Leben verteidigen."

„Dann gibt es noch Hoffnung…"

„Nein." Brandon trat an ihre Seite und legte ihr seine Hand auf die Schulter. „Wie ich sagte, wir werden die Quelle retten. Dessen bin ich mir sicher. Aber euer Hof ist verloren. Er wird nie wieder sicher sein. Er wird zu einem befestigten Lager werden, im Herzen des Kampfes. Voll mit Fremden und Wandlern. Immer überschattet von der Bedrohung eines Angriffs. Er wird überstehen… aber er wird nie wieder ein Zuhause sein. Wegen mir." Blaue Lichter flackerten in seinen Augen auf, als ihn die Beschämung seines Drachens erfüllte.

Ihre eigenen Augen glänzten ebenfalls vor Tränen. „Okay. Ich… ich verstehe es. Und ich k-k-kann keinen Weg sehen, diesen Ort zu retten. Aber bitte, Brandon, *bitte*! Geb dir nicht selber die Schuld. Es gab nichts, was du hättest machen können."

„Ich hätte ihn *töten* können", knurrte er.

„Und nachdem was er Danny angetan hat, hätte mich nichts glücklicher gemacht!" Die Bosheit der Worte überraschte sie. Sie hatte nie gedacht, dass sie jemanden wirklich hassen könnte. „Es hätte aber nichts geändert! Ich bin mir sicher, dass er die Information die er herausgefunden hat, jemandem mitgeteilt hat. Wenn LeMar gestorben wäre, hätte ein anderes Mitglied der Fänge von Apophis geguckt, was vorgefallen ist."

„Ich glaube ehrlich gesagt nicht, dass er jemandem von der Quelle erzählt hat. Die Fänge arbeiten gegen uns zusammen… überwiegend. Sie sind jedoch von Natur aus heimtückisch und misstrauisch. Sie haben keine Loyalität, keine Ehre. Wenn er jemandem von der Quelle erzählt hätte, hätte ein stärkerer Wurm sie ihm weggenommen. Nein", er seufzte und schüttelte mit dem Kopf. „Ich bin mir sicher, dass LeMar seine ‚Verbündeten‘ genauso fürchtet wie seine Feinde. Die Neuigkeiten wären mit ihm gestorben. Ich hätte heute Morgen euer Zuhause retten können. Jetzt ist es zu spät."

Erneute Stille. Hannah versuchte nicht einmal, ihre Tränen aufzuhalten, die ihr die Wangen herunterliefen.

Papa war der erste, der sprach. „Also, was jetzt?"

„Ich schlage vor, dass eure Familie jetzt geht."

„Heute?" Hannah schnappte nach Luft. Er erwartete doch nicht wirklich, dass sie so einfach ohne zurück zu blicken ihr altes Leben hinter sich lassen würden?

„Es tut mir leid, aber jede Stunde die ihr zögert, bringt euch mehr in Gefahr."

„Also gut." Papa stand schwerfällig mit düsterer Miene auf. „Nehmt euch eine halbe Stunde. Packt eine Tasche mit allem, ohne das ihr nicht leben könnt. Ich gehe zur Bank und…"

„Tu das nicht", unterbracht in Brandon. „Ich werde mich um alle Ausgaben kümmern. Das ist das Geringste, was ich machen kann."

„Nein!" Sie sprang auf und starrte die beiden Männer entsetzt an. „Ihr könnt das nicht ernst meinen! Es muss eine Alternative geben…"

„Schätzchen…" Die Rauheit in der Stimme ihres Vaters unterbrach ihren Protest. Zum ersten Mal wurde ihr bewusst, dass er ebenfalls den Tränen nahe war. „Ich kann nicht zulassen, dass sie dir so wehtun wie Danny. Ich könnte nicht damit leben."

„Aber das ist unser Zuhause!"

Papa blinzelte bis seine Augen nicht mehr feucht waren. „Wir sind eine Familie. Wir werden uns ein anderes Heim aufbauen. Jetzt geh packen! Die Zeit verrinnt."

. . .

Kleidung war das einfachste. Ein paar Jeans, ein Rock, ein paar Blusen, Unterwäsche. Es war Hannah egal. Als sie sich vom Schrank abwand, sah sie jedoch den angelaufenen silbernen Handspielgel ihrer Urgroßmutter. Sie konnte ihn nicht zurücklassen!

Und was war mit den alten Fotoalben auf dem Dachboden? Die mit den Bildern, die bis ins 19. Jahrhundert zurückgingen? Oder dem Bild ihrer Großeltern, das im Flur hing? Dem Weihnachtsbaumschmuck den sie und Danny als Kinder gemacht hatten? Dem Hochzeitskleid ihrer Mutter, das mit Zedernholz gegen Motten verstaut worden war?

Der wirkliche Horror packte sie, als sie durch ihr Haus ging. Alles hatte eine Bedeutung. Jedes Möbelstück, jeder Nippes hatte eine Geschichte. Alles war ein Teil von ihr, ihrer Geschichte. Darunter wählen zu müssen, war als müsse sie entscheiden, welches Stück ihrer Seele sie ‚wirklich' brauchte.

Ihre Suche brachte sie zuletzt ins Wohnzimmer. Brandon stand am Fenster und starrte nichts-sehend nach draußen. Er drehte sich um, als sie eintrat.

Sie sollte etwas sagen. Er gab sich selbst die Schuld, zu Recht oder zu Unrecht, und sie wusste, dass es ihn so sehr betraf wie sie. Sie war aber so in ihrem eigenen Schmerz gefangen, dass ihr die Worte fehlten. Nach einer unangenehmen Pause nickte Brandon ihr stumm zu und nahm dann seine brütende Wache wieder auf. Sie nahm sich das Hochzeitsfoto ihrer Eltern und drehte sich zum Gehen um.

Als sie das tat, sagte er etwas. Ein leises Murmeln, das sie kaum verstehen konnte. Aber was sie hörte, ließ sie erstarren.

„Du hattest recht mich zurückzuweisen."

Das Foto fiel ihr fast aus den tauben Fingern. „Brandon, nein! Ich weise dich nicht zurück! Ich... ich liebe dich! Wie kannst du das bezweifeln, nach allem was passiert ist? Nach allem, was wir geteilt haben?"

Er drehte sich vom Fenster und begegnete ihrem Blick zum ersten Mal, seitdem LeMar entkommen war. „Und trotzdem willst du mich verlassen."

„Nein, will ich nicht!" Sie kam näher, angezogen von seinem Schmerz, seiner Verwirrung. „Ich liebe dich. Aber ich liebe auch meine Familie. Du bist ein Drache. Du *musst* verstehen können, dass ich sie, und meine Pflichten, nicht einfach im Stich lassen kann, egal wie sehr ich mit dir durchbrennen will!"

„Ich verlange nicht, dass du deine Familie verlässt."

„Doch, das tust du. Oder, naja, ich dachte, das tust du. Und ich wusste einfach nicht, was ich sagen soll. Es ist alles so plötzlich passiert."

Er presste seine Lippen zusammen, verkniff sich ein Argument und sie liebte ihn dafür. Für die Tatsache, dass er trotz seines Schmerzes versuchte sanft und geduldig zu sein. Die sanfte Berührung dieser Liebe erwärmte sie, vertrieb – für einen Moment – die dunklen Wolken über ihnen.

Sollte sie ihm sagen, was sie vermutete? Dass die Leidenschaft, die sie an der Quelle geteilt hatten, das Versprechen einer neuen Zukunft hinterlassen hatte? Dass sie glaubte, sie trug sein Kind in sich?

Nein. Nicht in diesem dunklen Moment. Eine solche Nachricht sollte inmitten von Freude, nicht Trauer geteilt werden. Vorläufig würde es ihr Geheimnis bleiben.

Brandon räusperte sich. „Ich hoffe, du denkst jetzt anderes darüber."

„Naja, viele dieser Pflichten bestehen jetzt nicht mehr", gab sie zu. Er zuckte zusammen und sie bereute ihre Worte sofort. Wie konnte sie darüber nur reden, ohne dass er sich dafür schuldig fühlte, ihr Leben zerstört zu haben?

Da er das, in gewisser Hinsicht, getan hatte.

Sie fühlte sich bei diesem verräterischen Gedanken schuldig. Aber nach dem plötzlichen Schuldgefühl, erkannte sie ihren Fehler. Die Vorfälle der letzten paar Tage hatten ihr Leben nicht zerstört – sie hatten es verändert. Sie wollte Brandons Liebe für nichts hergeben, nicht einmal um den Hof ihrer Familie zurückzugewinnen. Egal was für Katastrophen auf sie warteten, sie würde nie bereuen, ihn getroffen zu haben. Oder ihn zu lieben. So elend dieser Moment auch war, wenigstens war *er* ein Teil davon. Das machte ihn besser, als alles was sie zuvor gehabt hatte.

Vielleicht würde sie eines Tages das Gute an allem sehen. Sie würde darauf zurückblicken und begreifen, dass diese Katastrophe sie befreit hatte, es ihr ermöglicht hatte, sich ihrem Partner zu widmen. (Sie konnte ihn das wieder ohne Bedauern nennen.) Vielleicht würden die magischen Kräfte der Quelle ihren Bruder heilen können. Die Situation konnte gute Dinge zur Folge haben, Dinge für die sie dankbar sein konnte.

Aber nicht momentan. Momentan tat es zu sehr weh.

Als sie versuchte diese Gefühle in Worte zu fassen, kam Mama mit einem Tablett mit zwei Einmachgläsern darauf hinein. „Der Rest der Limonade", sagte sie und gab ihnen beiden ein Glas. „Trinkt."

Hannah hielt ihr Glas nur, aber Brandon nahm gehorsam einen Schluck. „Mmm." Er verneigte seinen Kopf vor ihrer Mutter. „Das ist sehr lecker. Danke."

Mama lachte leise, als sie davonging. „Es ist ganz normale Limonade. Nichts Besonderes. Aber ich freue mich, dass sie dir schmeckt."

Er nahm noch einen größeren Schluck, um zu zeigen, dass er das nicht gesagt hatte nur um höflich zu sein. Der Anblick ließ Hannah lächeln. „Danke dir." Sie streichelte seinen Arm, ihre Finger leicht auf den harten Muskeln.

„Wofür?"

„Dafür, dass du so nett bist."

Verwirrte legte er seinen Kopf schief. „Was ist ‚nett' daran, gute Limonade zu mögen?"

„Naja, ich bin mir sicher, dass du an bessere Sachen gewöhnt bist", stammelte sie. „Schmorbraten gestern Abend und jetzt Limonade im Einmachglas. Es ist kein Filet und guter Wein."

„Hannah!" Er stellte sein Glas auf der Fensterbank ab und zog sie an sich. Die Wärme seines Körpers, seine Nähe, verdrängte all ihre Gedanken. „Du denkst doch nicht, dass ich auf deine Familie herabsehe, oder?"

„Es ist okay", sagte sie – obwohl es das nicht war. „Wir sind nichts Besonders."

Er nahm ihr Kinn in die Hand und kippte ihr Gesicht nach oben, damit sie ihn angucken musste. „Das denkst du doch nicht wirklich, oder? Das die Liebe die deine Familie teilt, ‚nichts Besonderes' ist?"

„Nein. Aber die Limonade ist, ist…"

„Lecker. Mit Liebe gemacht und angeboten."

„…in einem Einmachglas", murmelte sie.

Er verdrehte die Augen, was sie zum Lächeln brachte. „Was hat das schon zu bedeuten? Aber in allem Ernst, es gibt etwas, was du wissen musst, wenn du eine… eine Gefährtin von Drachen sein wirst."

„Drachen lieben den Reichtum dieser Welt ebenso sehr wie jeder sterbliche Mann. Mehr, vielleicht, da unsere Emotionen so tiefgehend sind. Aber er ist eine Falle. Wenn wir uns darin verlieren, unsere Aufgaben vergessen, dann werden wir von dem Reichtum geblendet. Wir versuchen, unseren Schmerz mit Völlerei und Gier abzustumpfen. Erinnerst du dich an diese ganzen Märchen von Drachen die auf Goldhaufen schlafen?" Er nahm seine Limonade wieder in die Hand. „Das ist, was passiert, wenn wir uns vergessen. Der Tag an dem ich die kleinen Freuden des Lebens vergesse, ist der Tag an dem ich den ersten Schritt auf dem Weg zu den Würmern mache."

Was... *den ersten Schritt...*

Ihr fiel die Kinnlade herunter.

Als er das sah, verzog der Drache sein Gesicht. „Verzeih mir. Ich war töricht poetisch beim Limonade-Trinken."

„Ich weiß, wo er ist."

„Was?" Er beugte sich zu ihr, um ihr Flüstern zu hören. „Wo wer ist?"

„LeMar. Ich..." Ihre Stimme wurde zu einem freudigen Schrei. „Ich weiß wo er ist! Er ist in einem Hotel in Pleasant Pond! Wenn wir uns beeilen, können wir ihn noch aufhalten!"

Brandon starrte sie an, als ob sie verrückt sei. „Wie kannst du das nur wissen?"

„Wegen der Limonade! Verstehst du das nicht?" Schwindlig vor Freude lachte sie über seine Verwirrung. „Weil er *er* ist und du *du*. Würde Stephen LeMar Limonade aus einem Einmachglas trinken?"

„Das glaube ich nicht."

„Natürlich würde er das nicht! Und ich sag dir, was er noch nicht machen würde. Er würde nicht bei Macks Diner essen. Er würde sich keinen Imbiss beim Corner Market holen oder in einem Rest-a-While Motel übernachten. Verstehst du das nicht?" Vor Aufregung hüpfte sie von einem Fuß auf den anderen. „Er ist ein Wurm, kein Drache. Nichts in Beverly ist gut genug für ihn!"

Brandons Gesicht hellte sich auf, als er verstand worauf ihre Logik abzielte. „Und das Hotel in Pleasant Pond...?"

„Ist ein Fünf-Sterne-Hotel ungefähr fünfzehn Meilen nördlich von hier. Es ist der einzige schnieke Ort in der Nähe von Beverly! Ich meine, vielleicht fährt LeMar den ganzen Weg nach Sarasota Springs. Wenn ja, haben wir Pech gehabt. Aber er ist ein *Wurm*." Sie grinste triumphierend. „Ich wette mit dir, dass er faul ist. Warum so weit fahren, wenn es etwas Näheres gibt?"

„Oh, Hannah!" Von seinen Lippen klang ihr Name wie ein Lobeslied. Er zog sie zu sich und küsste sie sanft auf die Stirn. „Oh, meine Partnerin! Du bist genial!" Hoffnung und Trotz erfüllten ihn erneut. Die letzten Spuren von dem selbst-verachtenden Schuldgefühl verflüchtigten sich. Er hatte die Möglichkeit, sein Versagen von diesem Morgen wiedergutzumachen und sie wusste, dass er lieber sterben würde, als sie nochmals zu ‚enttäuschen'.

Hier zu verweilen, in seinen Armen, sich in seiner Liebe und Bewunderung zu sonnen… sie würde alles dafür geben, um hierzubleiben, für immer. Aber diese Gelegenheit würde schnell vergehen. So schnell wie ein Wurm rennen konnte.

Sie gab ihm einen flüchtigen Kuss auf die Wange und löste sich von ihm. „Ich hol die Schlüssel für den Chevy."

„Hmm, du hast recht. Ich sollte lieber fahren, nicht fliegen. Meine Kraft einsparen."

Sie wusste, dass *das* kommen würde! „Nein. Ich fahre."

„Hannah!" Seine Stimme wurde lauter, tiefer, fester, als sie von der Autorität des Drachens beeinflusst wurde. „Du wirst mich nicht begleiten."

Sie war schon auf dem Weg zur Tür und wurde noch nicht mal langsamer. „Doch. Komm schon. Wir müssen uns beeilen."

„Ich kann nicht zulassen, dass du so ein Risiko eingehst." Als ob er sie aufhalten könnte! „Außerdem kannst du nichts machen, um einem Wurm zu schaden."

„Das weiß ich." Sie schnappte sich die Schlüssel für den Truck von der Flurkommode und ging zur Haustür. Der Drache ging ihr hinterher, seine Augen vor Ärger funkelnd. „Ich habe heute Morgen direkt auf ihn geschossen und alles was es bewirkte hat war, dass er seine Kleidung wechseln musste."

„Also warum würdest du das Risiko selbst eingehen? Vertraue mir. Lass mich das machen."

Hannah blieb plötzlich stehen, drehte sich um und nahm Dannys Kapuzenpulli von der Garderobe. Sie würde ihn brauchen. „Ich kenne das Hotel und du nicht. Ich habe da für ein paar Sommer während der Schulzeit geputzt. Komm schon." Sie zog sich den Pulli über und lief zum Truck. „Lass uns das auf dem Weg diskutieren."

Obwohl er vor Wut kochte, folgte er ihr. Hannah schwang sich hinters Lenkrad und nahm sich die Sonnenbrille ihres Vaters, die an der Sonnenblende hing.

Als sie den Rückwärtsgang einlegte, öffnete Brandon den Mund. Sie fuhr ihm dazwischen, bevor er wieder davon anfangen konnte. „Wie stark bist du momentan?" Sie hasste, wie sehr ihn das zusammenzucken ließ, aber er musste ehrlich sein. Ihr Zuhause, ihr Leben, hing davon ab. „Kannst du LeMar erledigen?"

„Das bezweifle ich."

„Also musst du ihn überraschen. Was bedeutet, dass du wissen musst, wo er ist. Können Formwandler einander sehen?"

„Ja", murrte er. Er mochte die Richtung nicht, in die die Unterhaltung ging.

„Das bedeutet, du kannst nicht einfach da reingehen und nach ihm suchen. Ich schon."

„Er kennt dich auch."

Sie zog die Kapuze über den Kopf und setze sich Papas Sonnenbrille auf die Nase. „Tada! Ziemlich mies für eine Tarnung, aber es muss reichen."

Das erntete ihr ein tiefes Grollen des Unmuts, was sie ignorierte. „Ich geh rein. Ich finde heraus, wo er ist, ob er im Hauptgebäude übernachtet oder in einem der schicken Seeuferhäuschen. Nachdem ich weiß, wo er ist, texte ich dir. Und dann gehe ich. Versprochen!" Sie riskierte einen Blick in sein dunkles, ungestümes Gesicht. „Wenn alles nach Plan verläuft, werde ich LeMar noch nicht mal sehen.“

„Und wenn es das nicht tut?“

„Dann wirst du mich retten“, sagte sie grinsend. „Siehst du, ich vertraue dir!“

KAPITEL 15

Es war einfach, mutig zu sein mit Brandon neben sich, in der Sicherheit des Trucks. Jetzt als sie durch die Lobby des Hotels in Pleasant Pond ging, zitterte Hannah jedoch vor Nervosität. Der feige Teil von ihr wünschte sich, sie hätte Brandon das alles regeln lassen, so wie er es gewollte hatte. Sie war ein Bauernmädchen, keine Kriegerin.

Sie unterdrückte diesen Zweifel. Sie war nicht nur ein Bauernmädchen – sie war auch die Partnerin eines Drachens. Und sie würde ihrem Schatz so sehr helfen, wie sie konnte.

Die Lobby war leer. Was nicht überraschend war, da es Mitte der Woche während der Nebensaison war. Ein offizielles Pleasant Pond Hotelauto stand laufend vor dem Eingang, dessen Fahrer mit seinem Handy beschäftigt war. Die Tür zum Büro des Managers hinter der Rezeption war geschlossen. Ein junger Mann kümmerte sich um die Rezeption. Er sah auf, als sie zügig vorbeiging und ihr wurde flau im Magen. Konnte er sehen, dass sie nicht hierher gehörte? Würde er ihr zurufen und wissen wollen, was sie hier machte? Sie biss die Zähne zusammen und ging ohne ihn anzugucken an ihm vorbei. Erst als sie auf der anderen Seite der Lobby angekommen war, schaute sie zurück. Trotz ihrer legeren Kleidung musste ihr Selbstvertrauen ihn getäuscht haben, denn er war wieder mit seinem Computer beschäftigt.

Ihr Ziel lag kurz vor ihr am Ende des Ganges zu ihrer Linken: ein Haustelefon, genau wie sie es in Erinnerung gehabt hatte. Es machte keinen Sinn, an der Rezeption nach LeMars Zimmernummer zu fragen; Hotels gaben solche Information nie an Fremde aus. Stattdessen hob sie das Telefon ab und drückte die Taste für die Rezeption.

„Hallo, Rezeption? Die Eismaschine auf der vierten Etage spielt verrückt. Sie schmeißt überall Eis hin. Ausziehen?" Sie erinnerte sich an die unhöflichen Leute mit denen sie sich hier hatte herumschlagen müssen und sagte in ihrem patzigsten Ton: „Das ist *Ihr* Job, nicht meiner! Und ich schlage vor, dass Sie ihren Job *tun,* bevor jemand darauf ausrutscht und sich das Genick bricht."

Sie knallte der Hörer aufs Telefon, trat schnell zur Seite und tat so, als ob sie etwas in ihrer Handtasche suchte. Sekunden vergingen... eine Minute. Ihre Nervosität nahm zu. Hatte der Angestellte ihr nicht geglaubt? Rief er den Hausmeister, anstatt sich selbst darum zu kümmern? Als sie schon aufgeben wollte, kamen schnelle Schritte den Haupt-gang herunter. Der nervöse junge Mann joggte vorbei ohne sie auch nur anzugucken! Hannah wartete, bis sie das ‚Ding' des Auszugs hörte, als er zuging. Dann rannte sie zurück zum Eingang.

Immer noch leer! Vor Aufregung und Angst zitternd, huschte sie hinter die Rezeption zu dem Hotelcomputer. Ohne Zweifel hatte sich das Passwort geändert, seit sie dort gearbeitet hatte, aber während des Sommers waren sie oft nachlässig und schrieben es für die neuen Angestellten auf einen Zettel.

Sie hätte sich keine Sorgen machen müssen. Der arme Junge war so entnervt gewesen, dass er das Programm zum Einchecken offengelassen hatte! Hannah entschuldigte sich lautlos bei dem Typen und überflog die Gästeliste.

Da! Zimmer 312, Hauptgebäude. Stephen LeMar. Er hatte sogar unter seinem eigenen Namen eingecheckt! Warum hätte er das auch nicht tun sollen? Selbst Brandon kannte ihn nicht persönlich.

Sie klickte auf seinen Eintrag. Keine Adresse – nicht, dass sie eine erwartet hatte. Kein Nummernschild eines Autos. *Viel* Zimmerservice. Hannah schluckte, als sie den Betrag seiner Weinrechnung sah. Ganz und gar Wurm. Nichts als das Beste für diesen Kerl!

Aber selbst ein Wurm musste für seinen Komfort bezahlen. Das Hotel mochte den neuesten Luxus anbieten, aber das Computersystem war noch so alt, dass es die Kreditkarteninformation des Kunden anzeigte. Voller Freude zog sie ihr Handy heraus und machte ein Foto von den Nummern neben LeMars Namen. Falls sie ihn verpassten, konnte Brandon sie vielleicht benutzen, um den Wurm ausfindig zu machen.

Eine Bemerkung neben der Nummer entmutigte sie jedoch. „In voller Höhe bezahlt."

LeMar hatte schon ausgecheckt! Sie waren zu spät!

„Was machen Sie da, junge Frau?"

Hannah quietschte vor Schreck und schnellte herum. Herr MacFarlane, der Hotelmanager, stand hinter ihr, mit vor Empörung geballten Fäusten auf die Hüften gestemmt. Zu spät erinnerte sie sich daran, wie gerne er ein Mittagschläfchen in seinem Büro machte.

„Ich… ich, ähm…"

Denk! forderte sie sich selbst auf. *Sag etwas! Irgendetwas!*

Ein Hochstapler hätte sich sofort eine Geschichte ausgedacht. Aber sie war ehrlich – und Betrug erforderte von ihr viel Planung.

Bevor sie sich entschuldigen konnte, nahm ihr der Manager ihr Handy aus der Hand. „Ich habe gesehen, dass Sie Fotos gemacht haben."

Nein! Das war ihre einzige Möglichkeit, um Brandon zu warnen! „Geben Sie das zurück!" Sie griff nach dem Handy, aber verfehle es als MacFarlane es in seine Hosentasche steckte.

„Das denke ich nicht!", rief er und ging rückwärts auf sein Büro zu und weg von ihr. „Sie gehen jetzt besser, sofort. Ich rufe die Polizei."

Der Aufzug ging mit einem ‚Ding' auf. Hannah sah hinüber, den Angestellten erwartend.

Was sie sah, war schlimmer.

Viel schlimmer.

Stephen LeMar kam schnell den Flur entlang, gefolgt von einem Pagen, der sich mit einem Wagen voller Gepäck abplagte.

Er war noch nicht weg? Natürlich nicht – das Auto draußen! Ihre Augen weiteten sich, als sich ein Teil des Rätsels löste. Das war seine Fahrgelegenheit zum Flughafen. Sie konnten ihn noch aufhalten!

Wenn sie ihr Telefon zurückbekommen könnte.

Und wenn LeMar sie nicht sehen und ihr das Genick brechen würde, nur um Brandon zu bestrafen…

Hannah flitzte ins Büro des Managers, was MacFarlane vor Empörung aufschreien ließ. Sie schmiss sich auf ihn und versuchte verzweifelt seine Kleidung zu packen. Aber er rannte entrüstet hinter seinen Schreibtisch. „Aufhören! Hör sofort damit auf!", schrie er gellend.

Verflucht! LeMar war schon halb durch die Lobby. Sie *musste* Brandon warnen, *sofort!* Aber wie? MacFarlane hatte ein Telefon auf seinem Schreibtisch…, wenn sie sich nur an mehr als die Hälfte der Telefonnummer ihres Partners erinnern könnte. Sollte sie schreien? Nein, Brandon war nicht weit weg, aber er könnte sie auf keinen Fall bis in den Wald hören.

Panik stieg in ihr auf als MacFarlane schnaubte und tobte. Der Wurm würde entkommen – wegen ihr. Wegen ihrer Ungeschicklichkeit.

Dann, als die Angst sie zu überwältigen drohte, erinnerte sie sich an etwas, was Brandon vor weniger als einer Stunde gesagt hatte.

Ich bin mir sicher, dass LeMar seine ‚Verbündeten‘ genauso fürchtet wie seine Feinde.

Das war es. Der Schlüssel.

Es lief ihr eiskalt den Rücken runter, als sich ein gefährlicher, verrückter Plan formte. Brandon würde ihm nie zustimmen. Aber er war nicht hier, um sich zu beschweren.

Und es könnte vielleicht funktionieren.

Sie trat vom Manager zurück und drehte der Tür und dem blutrünstigen Monster dahinter absichtlich den Rücken zu. Hannah nahm einen tiefen, zittrigen Atemzug – und schrie aus vollem Halse: „Idiot! Ich diene den Fängen von Apophis. Weißt du überhaupt, was das bedeutet?“

Sicher auf der anderen Seite seines Schreibtisches, guckte MacFarlane sie an, als wäre sie verrückt. „Wovon schwafeln Sie da? Verlassen Sie sofort mein Büro, bevor ich… oh!“

Sein Blick ging an ihr vorbei und er erstarrte, sein Mund überrascht zu einem ‚O‘ geformt. Hannahs Atem stockte. Sie wusste, was der Mann sah, sogar bevor sie LeMars geschmeidige, ölige Stimme hinter sich hörte.

„So. Die Fänge haben einen Spion gesandt, ja?“

Mit klopfendem Herzen weigerte sie sich, sich umzudrehen. Sie stand einfach da, nahm den Schrecken wahr… und die Gefahr… und die Bedrohung.

Seidene Kleidung kam flüsternd näher, bis der Wurm

dicht hinter ihr stand. „Sag mir, wer dich geschickt hat, oh Diener, und ich gewähre dir vielleicht einen schmerzlosen Tod."

Ein verängstigtes Glucksen kam aus MacFarlanes Hals und er murmelte: „Was? Was, was?", immer und immer wieder.

LeMar verwandelte sich sicher gerade.

Gut. Das bedeutete, dass die Bedrohung echt war. Angst und Triumph kämpften in Hannah miteinander.

„Und?"

Jetzt hing alles von seiner Feigheit ab. Falls der Wurm ein Rückgrat entwickelte, war sie tot.

„Ich sagte…"

„Niemand hat mich geschickt." Als sie das sagte, drehte sie sich zu ihm um.

Zur Hälfte Wurm, zur Hälfte Mensch, war LeMar eine Kreatur aus einem Alptraum. Krallenhände, Schuppen auf Wangen und Hals, mit einem Mund voller Fangzähne. Trotzdem schreckte er zurück, als er sie erkannte und seine Augen schnellten durchs Zimmer.

Gut. Sie wich auch zurück, brachte den Schreibtisch zwischen sie und dem Monster. Er war so feige wie immer.

Das bedeutete, dass sie hier vielleicht lebend rauskommen würde.

„Stiles!", fauchte er. „Wie wusstest du… nein, egal." Er sah die leere Lobby und erlangte etwas Fassung wieder. „Welch ein Drang zum Selbstmord hat dich alleine hierhergebracht?"

„Ach, komm schon." Der Schreibtisch bot nicht besonders viel Schutz, aber bei dem Unbehagen ihres Feindes wurde sie mutiger. „Du kennst die Antwort."

Seine Augen wurden zu Schlitzen und er war vor einer Falle auf der Hut.

Ein hartes, kaltes Lächeln breitete sich auf Hannahs Gesicht aus, als sie zusah, wie sich derjenige der ihren

Bruder angegriffen hatte, wand. „Ich bin nicht alleine. Mein Partner ist in der Nähe. Und er weiß immer, wo ich bin, wenn ich in Gefahr bin. Erinnerst du dich?"

Wut verlieh ihr Mut. Seine Angst zu sehen… ihn wissen zu lassen, dass *sie*, Hannah Stiles, ihn geschnappt hatte… das war eine Freude, die jegliche Gefahr wert war. Sicher, ein Wurm könnte diesen albernen Tisch problemlos zerschmettern und ihr das Genick brechen…

Aber er war ein Wurm, bis zuletzt. Feige.

LeMar schnellte herum und raste zum Ausgang. Er rannte um die Rezeption, prallte mit dem armen Pagen zusammen und Mann und Taschen flogen überall hin.

Halb benommen ging Hannah aus dem Büro und sah noch seine letzten Momente.

Als der abscheuliche Wandler auf das wartende Auto zulief, stürzte sich ihr majestätischer Drache auf ihn, rammte LeMar mit knochenzerschmetternder Kraft. Schwarze Schuppen blitzten in der Sonne. Sein Kopf beugte sich nach hinten, seine Lippen kräuselten sich und sie sah fünfzehn Zentimeter lange Fangzähne. Noch am Leben, schrie LeMar, dünn, wie ein Reptil. Dann schnellte der Drachenkopf nach vorne und brachte ihn für immer zum Schweigen.

Der Page schrie neben ihr vor Horror. „Flugzeugabsturz!", heulte er. „Flugzeugabsturz! Ruft den Notdienst!"

Ein Flugzeug? Wie konnte er so verwirrt sein? Dann erinnerte sie sich an das Delirium, das der Anblick eines Formwandlers in den meisten Menschen auslöste. Kein Zweifel, der Schock würde alle wirklichen Erinnerungen an den Tag vertreiben.

Hannah überließ den Pagen seiner Panik und trat aus dem Hotel. Mit erhobenem Kopf, trotzig, ging sie auf ihren Partner zu und legte ihre Hand auf seine heiße, gepanzerte Seite. Ließ ihn wissen, mit Tat statt mit Worten, dass sie ihn liebte, in all seinen Formen.

KAPITEL 16

Einen Tag nach dem Kampf beim Hotel kuschelte sich Hannah auf der Verandaschaukel an Brandon. Die Morgensonne war schwach und bot nicht viel Wärme, aber es war ihr total egal. Neben ihm hatte sie alle Wärme, die sie brauchte.

Danny rannte an ihnen vorbei und sprang hoch, um einen Ball von seinem Vater zu fangen.

Danny.

Rannte wieder. Spielte Football.

Hannah genoss den Stolz, den sie dabei fühlte. *Sie* hatte das getan. Gestern Abend hatte Brandon Danny zur Quelle getragen. Die Liebe die sie für ihren Bruder empfand, war ganz anders als die Leidenschaft für ihren Drachen und trotzdem ebenso tief. Erneut hatte das Wasser der magischen Quelle ihr Bitten erhört. Das letzte Übel, was LeMar der Stiles Familie angetan hatte, was von der Macht der Quelle weggewaschen worden.

„Hannah?"

Sie liebte es, wie Brandon ihren Namen sagte. Liebte die Zuneigung, das Verlangen das immer in dem Wort mitschwang, wenn es seine Lippen verließ. „Ja?"

Er zögerte. War es möglich, dass ihr Drache tatsächlich nervös war?!? „Es gibt etwas, was wir besprechen sollten, wenn du soweit bist. Die Zukunft. Unsere Zukunft."

Es hatte sich viel seit gestern geändert. Alles, eigentlich! Der dornenbedeckte Weg zur Freude war zu einer offenen Straße geworden. Wie hatte sie jemals daran zweifeln können? „Ich weiß. Es tut mir leid..."

„Warum?" Er entzog sich ihr mit dieser schmerzerfüllten Frage. „Du kannst das nicht machen! Du kannst mich nicht fortschicken, ohne mir zu erklären, warum du..."

„Nein! Nein, nein, nein!" Sie küsste ihn, brachte ihn auf die sanfteste Art und Weise zum Schweigen. Als sie von der wunderbaren Kostbarkeit seiner Lippen abließ, lächelte sie. „Ich meinte, es tut mir leid, was ich gestern gesagt habe. Ich werde dich nicht fortschicken. Nicht jetzt, nicht später. Du hast recht. Wir sind Partner."

Seine saphirblauen Augen erleuchteten voll Zufriedenheit. Aber er würde sie noch immer nicht drängen. „Bist du dir sicher?"

„Ja. Jetzt wo es Danny besser geht, kann er meinen Eltern helfen. So wie er es immer vorhatte. Sogar wenn er das nicht könnte..." Sie lehnte sich zu ihm, um ihm ins Ohr zu flüstern: „...würde ich trotzdem mit dir kommen. Ich liebe meine Familie und mein Zuhause. Aber ich liebe dich auch. Dich zu verlassen, würde meine Seele zerreißen."

Er streichelte ihr übers Haar und seine Finger verweilten an ihrem Nacken. „Du weißt, dass wir immer ein Teil von diesem Ort sein werden. Meine Gruppe sollte innerhalb der nächsten Woche hier eintreffen. Mit allen von uns hier, können wir die Quelle beschützen *und* trotzdem alle die Orte besuchen, von denen ich gesprochen habe. Wie hört es sich an, den Sommer auf einer griechischen Insel zu verbringen?"

Sie wand sich. "Naja, ähm, ich werde vielleicht nicht dazu bereit sein."

„Nein?" Er kicherte – und wurde dann ernst, als er sah, dass sie nicht scherzte. „Hast du schon andere Pläne gemacht?"

„*Wir* haben Pläne gemacht. An dem Nachmittag, an dem wir miteinander geschlafen haben." Sie nahm seine starke Hand und legte sie sich auf den Bauch. „Als ich die Quelle beschwört habe, habe ich… etwas gefühlt. In mir. Brandon, ich bin schwanger. Ich bin mir sicher."

„Ein Kind? Unser Kind?" Liebe und Verwunderung erhellten sein Gesicht – und nicht nur ein bisschen Stolz. Brandon küsste sie auf die Lippen, beugte sich dann nach unten und küsste ihren Bauch, wo ein neues Leben, eine neue Zukunft, lag.

Hannah lehnte ihren Kopf nach hinten und überließ sich ganz der Freude. Einer herrlichen, magischen Zukunft mit ihm, ihrem Drachenwächter.

Ende

* * *

Vielen Dank, dass Sie „Drachenwächter" gelesen haben! Hoffentlich hatten Sie viel Freude!

Wenn es Ihnen gefallen hat, werden Sie sicher auch „Drache in Feuer und Flamme " mögen!

Setzen Sie das Abenteuer von Drachenträume mit Buch 2,
„Drache in Feuer und Flamme", HIER auf Amazon fort...

Hier ist eine kurze Vorschau ...

SO FÄNGT ES AN. SO FÄNGT ES IMMER AN.

Tess Everlyn öffnete ihre Augen und kämpfte gegen ein erdrückendes Gefühl von Déjà-vu an.

Sie stand auf einer winzigen Insel am Ufer eines von Kiefern umringten Sees. Ein stahlgrauer Himmel hing finster über ihr und ließ das Wasser des Teichs kalt und bedrohlich schwarz aussehen. Ein eiskalter Wind peitschte die Oberfläche schaumig auf und ließ sie zittern, als sie ihre Lederjacke näher um sich zog.

Nichts außer dem Wind brach die Stille, die sie umgab. Keine Geräusche von Autos, Menschen, Musik... nichts. Sie war alleine, in oberschenkellangem Gras. Sie starrte den einzigen anderen Bewohner der Insel an.

Eine riesige Ulme, hoch und gerade, ragte hunderte Fuß in die Luft. Kein einziges Blatt hing an den Ästen.

Das erklärt dann den Wind. Es muss November sein.

Aber warum musste sie das erraten? Warum konnte sie sich nicht an das Datum erinnern oder daran, wie sie hierhergekommen war?

Weil ich das nie tue.

Sie wusste das. Wusste, dass sie hier schon oft gestanden hatte, ein dutzend Mal, damit ringend, sich an sich selbst zu erinnern. Vorsichtig erforschte sie ihr Gedächtnis. Es gab einige Dinge, die sie wusste. Ihren Namen. Die Tatsache, dass eine wacklige Holzbrücke hinter ihr lag, die die kleine Insel mit dem Festland verband. Dass, wenn sie dem Weg, der dahinter lag, folgte, sie zu einer Holzhütte gelangen würde, etwa 800m entfernt von hier. Ihre Hütte, mit einem Gartenstuhl, einem Holzstapel für den Kamin und einem alten Harley Davidson Motorrad, unter einem schmutzigen Laken versteckt.

Fähigkeiten fielen ihr wieder ein. Ein paar Sprachen – Englisch, Französisch, Deutsch, Spanisch, Russisch. Sie wusste, wie das Motorrad zu handhaben war, erinnerte sich an die Straßenregeln und hatte einen Führerschein. Langsam fielen ihr wieder andere Dinge ein. Dies war Amerika, der Bundesstaat Massachusetts. Nein, dieser Teil von Massachusetts hatte sich irgendwann abgesetzt und wurde zu... wie nannten sie es jetzt? Maine? Ja, das war es.

Ihre Nachbaren...

Wie Blätter im Wind wirbelten Bilder chaotisch in ihrem Kopf herum. Ihre Nachbarn waren die Penobscots, ein ruhiger, höflicher Stamm, der ihr im Herbst Wildfleisch schenkte. Oder waren es Holzfäller; unhöflich, zu trunkenen Beleidigungen neigend, die unachtsam den Wald um ihr zu Hause abschlugen? Nein, laute Touristen, die sie nach der Wegbeschreibung zu Der Hundert Meilen Wildnis fragten... Schneemobilfahrer, die auf ihren Maschinen vorbeisausten, die sie zuerst ärgerten, dann aber mit ihrer Geschwindigkeit und heulenden Raserei bezauberten.

Tess machte ihre Augen wieder zu, fröstelte und ließ den Wind und die Stille das verrückte Wirrwarr von Erinnerungen wegpusten. Sie wusste nicht, welche davon stimmten. Vielleicht alle.

Es fehlte nur eine einzige Sache bei den Erinnerungen.
Sie.

Als ihr die Vergangenheit wieder einfiel, erinnerte sie sich an Orte, Zeiten... all die Trümmer eines Lebens. Aber sie selbst? Ihre Geliebten, Familie, Freunde?

Weg. Vollkommen.

Sehr merkwürdig – und trotzdem fühlte es sich natürlich an. Das gleiche Gefühl eines Déjà-vus kam wieder über sie, wie die Kuscheldecke eines Kindes. Alles war so, wie es sein sollte, flüsterte ein Teil ihres Verstandes ihr zu.

Ja, richtig. Sie war nicht die Art von Frau, die etwas glaubte, nur weil andere es sagten. Selbst dann nicht, wenn sie die Person war, die redete.

Ihre Augen landeten auf etwas Kleinem am Fuße des Baums. Sie kniete sich hin und schob das Gras zur Seite. Zwischen den Wurzeln lagen zwölf Steine, so groß wie ihre Hand. Auf jedem war eine primitive Zeichnung eines Pärchens. Eine Prinzessin und ein Harfenspieler. Zwei Bauern mit Mistgabel und Hacke, wie eine Strichmännchen-Version von *American Gothic*. Zwei Hippies mit Blumen geschmückt, umgeben von Regenbögen. Die auf der linken Seite waren verblichen und halb in der weichen Erde der Insel versunken. Der ganz rechts – der neueste? – sah ganz neu aus. Auf ihm fuhr ein Mann mit Zottelbart ein Motorrad, während eine Frau hinter ihm auf dem Sitz stand und wild lachte, als ihr langes Haar im Wind wehte.

Bin ich dieser Psycho? fragte sie sich. *Habe ich jemals so etwas Verrücktes gemacht?*

Sie griff nach dem Stein, aber als ihre Hand in dessen Nähe kam, überkam sie ein Schauder und ihr standen die Armhaare zu Berge.

Diese Steine waren gefährlich. Sie wusste das mit Leib und Seele. Sie sollte sie niemals anfassen.

Natürlich tat sie es.

In dem Moment in der ihr Finger die kalte Oberfläche des Steins berührte, überkam sie ein Schwall von Erinnerungen.

Michael. Die Art und Weise wie sein Bart ihre Haut kitzelte, als er sie küsste. Die taumelige Macht, die sie fühlte, als sie auf dem

Motorrad stand, umgeben von Wind und Donner. Das Wissen, das jedes Zucken, jeder Fehler, den er machte, sie auf die Fahrbahn schmeißen würde. Ein dummer, sinnloser Tod. Trotzdem vertraute sie ihm. Mit ihrem Leben. Mit ihrer Liebe. Bis...

Tess schmiss sich nach hinten, weg von dem letzten Gedanken. Drogen, gekauft und verkauft. Eine andere Frau. Und noch eine, und noch eine, bis...

Sie setzte sich ins Gras, den Geschmack von Galle im Mund.

Warum habe ich diesen verfluchten Stein angefasst? Ich wusste, er war gefährlich.

Aber sie kannte die Antwort darauf. Weil sie schlechte Entscheidungen traf.

Das ist mein Leben in fünf Worten.

Sie stand auf und verzog ihr Gesicht vor den zwölf Steinen. Scheinbar traf sie *viele* schlechte Entscheidungen.

In ihrem Kopf verblasste Michael wieder. Gefühle starben mit ihm. Von einem Schmerz so grell wie die Sonne zu einem schwachen Ziehen. Sie erinnerte sich noch an das Leben, das sie miteinander begonnen hatten, auf eine kalte, distanzierte Art und Weise. Wie die Erinnerung an einen traurigen Film, den sie vor langer Zeit einmal gesehen hatte. Nach einem Moment war sogar das vergangen. Was sie alleine dastehend, die Steine anstarrend, zurückließ.

„Okay. Verstanden", sagte sie zu niemandem. „Ich werde diese Dinger nicht wieder anfassen."

Also, was wusste sie? Sie zählte die Sachen an ihren Fingern ab und sprach sie laut aus, nur damit sie sich nicht so alleine fühlte: „Ich bin Tess Everlyn. Ich lebe scheinbar schon sehr lange." Sie hoffte, dass das Bild von der Prinzessin eine Reise zu Disneyland zeigte, nicht eine mittelalterliche Romanze. „Ich habe einen richtig schlechten Geschmack in Sachen Männer. Scheinbar komme ich hierher, wenn es mir alles zu viel wird und werde die Erinnerungen an sie an kleine Steine los." Sie guckte böse auf die Steine mit den einfachen Zeichnungen von vergangener Liebe. „Ich male nicht sehr gut."

Was jetzt?

Ein kurzer Blick auf die kleine Insel gab ihr keinen Rat. Außer einem Baum und Steinen war sie leer.

Sollte Sie hierbleiben? Nein, das war eine dumme Idee. Ihre Lederjacke und Hose sahen toll aus, waren aber nicht besonders warm. Und warum sollte sie auf einer kalten, grasbedeckten Insel sitzen, umgeben von Fehlern?

Sie konnte genauso gut gehen. Über die alte Brücke, gucken wohin der Weg sie führte. Wieder zu leben anfangen. Sich wieder in den Sattel schwingen und…

…mehr schlechte Entscheidungen treffen.

Mit einem Seufzer ging sie davon. Vielleicht würde es diesmal anders sein. Vielleicht würde sie schlauer sein.

Irgendwie bezweifelte sie es...

Setzen Sie das Abenteuer von Drachenträume, Drache in Feuer und Flamme", HIER auf Amazon fort...